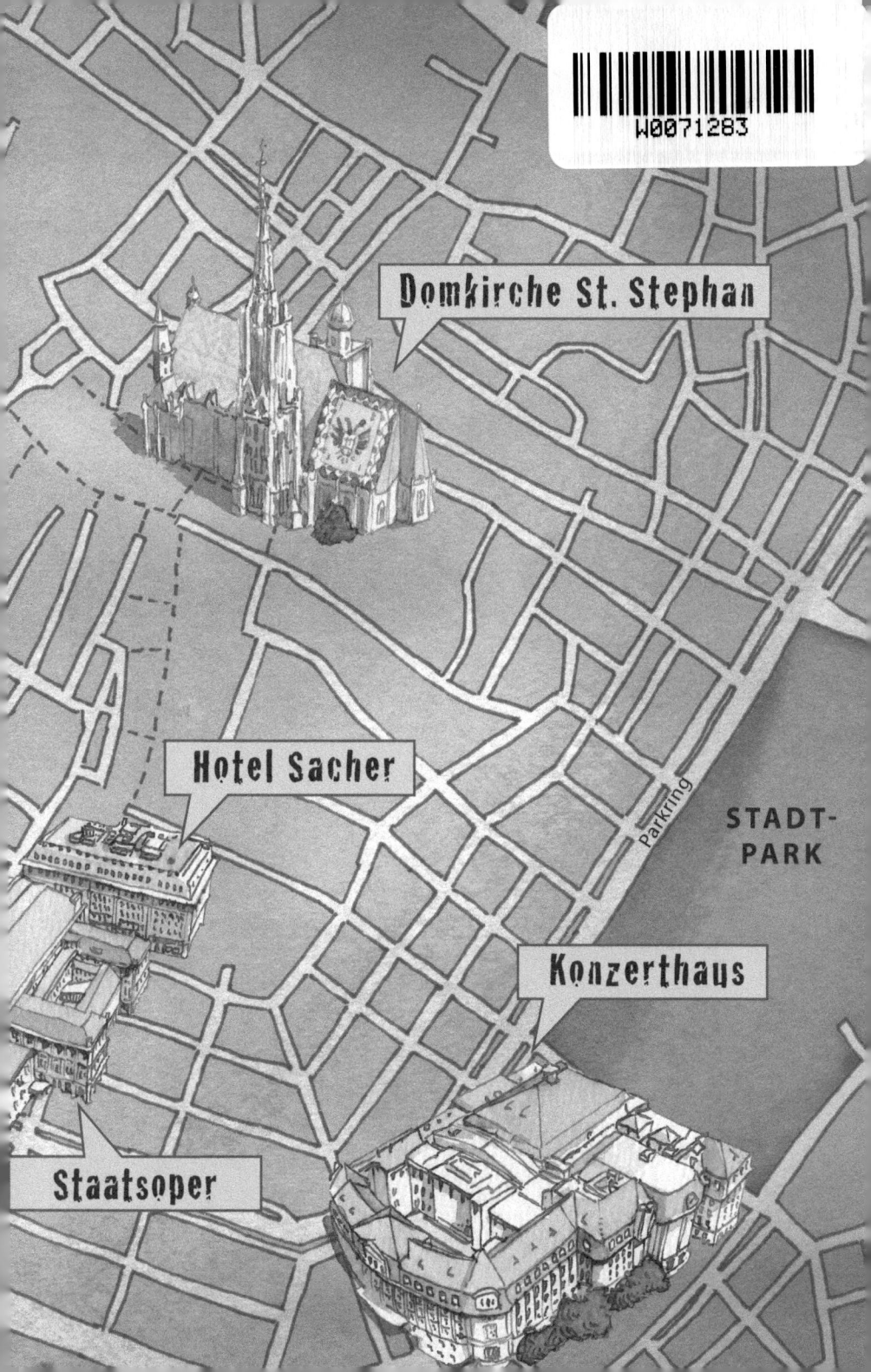

Andreas Schlüter

City Crime

Walzer in Wien

Mit Bildern von Markus Spang

TULIPAN VERLAG

Was für eine Arie!

»OPERNBALL?«, rief Finn durchs Wohnzimmer. Das Entsetzen stand ihm ins Gesicht geschrieben. Er konnte einfach nicht glauben, was seine Eltern ihm und seiner älteren Schwester Joanna soeben mitgeteilt hatten. »Ihr wollt mit uns zu einem OPERNBALL?«

»Nun beruhige dich doch!«, forderte seine Mutter ihn auf. »Ihr sollt natürlich nicht mit zum Opernball, sondern nur mit nach Wien!«

»Kinder sind auf dem Opernball gar nicht zugelassen«, erklärte ihm sein Vater. »Ich habe eine Einladung über die Akademie der Künste bekommen. Das ist etwas ganz Besonderes. Da gehen eigentlich nur Promis oder reiche Leute hin, die sich sündhaft teure Karten leisten können. Und wenn wir so eine Gelegenheit bekommen, möchten eure Mutter und ich die auch gern wahrnehmen.«

»Kein Problem«, erwiderte Finn. »Fahrt doch. Joanna und ich bleiben hier!«

»Tickst du nicht mehr richtig?«, fuhr Joanna ihren Bruder an. »Ich will unbedingt mit nach Wien. Was denkst du denn? Das ist eine voll coole Stadt!«

»Ach ja?«, hakte Finn skeptisch nach. »Was ist denn dort so cool? Die Jungs oder wie?«

Joanna, die sich eigentlich gerade gemütlich in den bequemen Lesesessel ihrer Mutter gefläzt hatte, sprang auf wie eine Furie. »Sag mal, haben sie dich gebissen? Was denn für Jungs?« Während sie auf Finn losging, huschte ihr Blick schnell zu ihrer Mutter hinüber. Die würde doch Finns Behauptungen keinen Glauben schenken?

Eigentlich hatte ihr Bruder nicht geschwindelt, sondern nur eine Wahrheit unpassend ausgesprochen. Bei allen Städtereisen, die sie in der Vergangenheit unternommen hatten, war zweierlei geschehen: Erstens waren sie immer auf geradezu mysteriöse Art und Weise in einen Kriminalfall verwickelt gewesen, zweitens hatte sich seine Schwester jedes Mal in einen ortsansässigen Jungen verguckt und aufs Heftigste mit ihm geflirtet. Das Erste war gefährlich, das Zweite nervig.

Finn konnte auf beides gut verzichten, weshalb er lieber zu Hause geblieben wäre. Vielleicht hätte er eine Chance gehabt, seine Eltern umzustimmen, wenn seine Schwester mitgezogen hätte. Da sie aber unbedingt mit nach Wien wollte, hatte er verloren. Nie und nimmer würden seine Eltern ihm erlauben, mit seinen dreizehn Jahren mehrere Tage allein zu Hause zu bleiben. Trotzdem versuchte er es noch mal.

»Aber dann sind wir den ganzen Abend und die halbe Nacht ohne euch in Wien«, argumentierte er. »Und ihr wisst, was passiert, wenn ihr uns in einer fremden Stadt alleine lasst: irgendetwas Gefährliches.«

Natürlich wussten ihre Eltern von den vielen Kriminalfällen, in die ihre Kinder verstrickt gewesen waren. Aber nach wie vor hielten sie es für Zufall, dass Finn und Joanna so oft in Gefahr gerieten.

»Ihr werdet keineswegs allein in Wien sein, wenn wir zum Opernball gehen«, widersprach seine Mutter. »Ihr werdet allein im Hotelzimmer bleiben. Das ist ein Unterschied. Dort seid ihr wohlbehütet und die Rezeption ist rund um die Uhr besetzt. Nichts kann passieren.«

»Im Hotelzimmer?« Das wurde ja immer schöner! Finn hatte seinen Widerstand noch nicht aufgegeben. »Eingesperrt wie in einer Zelle? Das ist doch unmenschlich! Was sollen wir denn dort den ganzen Abend machen?«

Finns Mutter lachte lauthals los. »Ja, total unmenschlich! Du machst dort das Gleiche, was du hier abends machst: fernsehen, am Handy oder Computer rumdaddeln oder – wie deine Schwester – vielleicht mal ein Buch lesen und rechtzeitig schlafen gehen.«

Finn war entsetzt. »Ein Buch lesen? Den ganzen Abend?« Für den Fall, dass seine Mutter immer noch nicht bemerkt hatte, was sie ihrem Sohn antun wollte, fasste er noch mal zusammen: »Wir fahren zum OPERNBALL, wo wir im HOTELZIMMER eingesperrt werden, um die ganze Zeit ein BUCH ZU LESEN?«

Seine Mutter aber wiederholte nur lächelnd: »Tagsüber sehen wir uns Wien an und am Abend des Opernballs kannst du im Hotel fernsehen, am Handy oder Computer rumdaddeln und …«

»Okay«, schlug Finn ein. »Dann darf ich an Papas Laptop!«

Seine Mutter wechselte Blicke mit ihrem Mann. Finn sah, dass sie sich ausgetrickst fühlte. Denn normalerweise waren Computerspiele während einer Städtereise tabu. Finn wartete gespannt, wie sie sich entscheiden würde.

Finns Vater nickte schmunzelnd, seine Mutter seufzte.

»Okay, ausnahmsweise. An dem Abend des Opernballs darfst du an Papas Laptop.« Da sie als Handelsvertreterin ihren Laptop dringender brauchte als ihr Mann, der Kunstmaler war, stand lediglich *sein* Laptop für Spiele zur Verfügung. »Aber nur an diesem einen Abend.«

»Yeah!«, freute sich Finn. So hatte sein Einwand wenigstens zu einem Teilerfolg geführt.

»Respekt!«, lobte ihn seine Schwester etwas später in ihrem Zimmer. »Allmählich beginnst du, von mir zu lernen.«

Finn wusste, worauf sie anspielte. Normalerweise nämlich war sie es, die ihren Eltern mit geschickter Taktik und ausgeklügelten Tricks alles abrang, was sie sich vorgenommen hatte.

»Wenigstens sprechen die Wiener Deutsch«, sagte Finn, als er sich Joannas Reiseführer auslieh und unter den Arm steckte. »Dann versteh ich auch mal etwas.«

»Abwarten«, erwiderte Joanna. »Die sprechen zwar Deutsch. Aber das heißt noch lange nicht, dass wir alles verstehen, was die Wiener sagen.«

Finn schaute sie verwundert an. »Wieso das denn nicht?«

»Na, die sprechen österreichisches Deutsch. Und sie benutzen teilweise andere Wörter. Was ist, wenn du zum Beispiel Marillenmarmelade zum Frühstück bekommst?«

Finn zog die Schultern hoch. »Keine Ahnung. Probiere ich. Was sind denn Marillen?«

»Aprikosen!«, übersetzte Joanna kichernd. Sie wusste, dass Finn Aprikosen-Marmelade verabscheute.

»Uäääh!«, machte der auch sofort. »Wieso sagen die denn Marillen?«

»Keine Sorge, in Österreich gibt es superleckere Mehlspeisen und Kuchen.« Joanna schlug einen beschwichtigenden Ton an. »Und auf den bekommst du eine Extraportion Schlagobers!«

»WAS?«, quiekte Finn entsetzt auf. »Nein! Was ist denn das schon wieder?«

»Na, Schlagsahne!«, erläuterte Joanna und kicherte wieder. Denn Sahne liebte Finn über alles.

»Oh Mann!«, stöhnte Finn. »Heißen die Wiener Würstchen dort wenigstens auch Wiener Würstchen?«

»Nein«, antwortete Joanna. »In Wien heißen sie Frankfurter.«

»Nee, is klar«, sagte Finn. »Die spinnen, die Wiener!«

Schon eine Woche später ging's los. Auf der Fahrt vom Flughafen in die Innenstadt musste Finn zugeben, dass Joanna nicht übertrieben hatte. Sie hatte behauptet, Wien sei mindestens so schön wie Prag, nur größer. Und genauso kam es Finn auch vor. So viele schöne historische Gebäude hatte er zuletzt in der Hauptstadt von Tschechien gesehen. Aber hier waren es deutlich mehr und durch die Größe der Stadt erschienen sie noch prächtiger und imposanter. Sie fuhren auch an der Wiener Staatsoper vorbei, die ein ebenso beeindruckendes Gebäude war.

»Es ist eines der bekanntesten Opernhäuser der Welt!«, erklärte ihm seine Mutter. »Eröffnet am 25. Mai 1869. Mit einer Oper von Mozart, der ab 1781 bis zu seinem Tod zehn Jahre später in Wien lebte. Seine Wohnung kann man hier übrigens besichtigen.«

Finn verzog das Gesicht. »Mozart? Das ist doch so ein langweiliges Gedudel und Opern-Gejammer, oder nicht?«

»Mozart?«, widersprach seine Schwester. »Das ist voll der Superstar gewesen. Vermutlich der berühmteste Musiker aller Zeiten!«

»So 'n alter Knacker?«, fragte Finn.

Joanna lächelte. »Sogar dir sagt sein Name was. 229 Jahre nach seinem Tod. Und das, obwohl er schon mit fünfunddreißig Jahren gestorben ist. Er hat so kurz gelebt und ist trotzdem so berühmt geworden, über Jahrhunderte hinweg.«

Finn nickte bedächtig mit dem Kopf. Er musste zugeben, das klang schon beeindruckend.

»Dann war der bestimmt superreich, oder?«

›Unter diesem Gesichtspunkt wäre eine Besichtigung seiner Wohnung vielleicht doch interessant‹, dachte Finn bei sich.

»Wieso wohnte der dann eigentlich nur in einer Wohnung? Hatte der keine Villa oder ein Schloss? Mit riesigem Pool und so?«

»Ja klar«, Joanna stöhnte auf. »Am besten noch mit Privat-Hubschrauber.«

»Ha, ha!«, erwiderte Finn. »So schlau bin ich auch, um zu wissen, dass es im 18. Jahrhundert noch keine Hubschrauber gab. Noch nicht einmal Flugzeuge. Und auch keine Eisenbahn. Die erste Eisenbahn der Welt fuhr 1825 in England. Siehst du, ich kenne mich aus.«

»Ich weiß«, gab Joanna zu. »Bei allem, was mit Rekorden und Technik zu tun hat.«

»Aber zu deiner Information, Finn«, warf seine Mutter ein. »Als Mozart starb, war er nicht besonders vermögend. Er war zwar gut im Geschäft und hat gut verdient, aber bei Weitem nicht so viel wie vergleichsweise die heutigen Superstars. Außerdem hat er auch sehr gern gut gelebt und viel Geld ausgegeben: für Personal, teure Kleidung, Reisen, Glücksspiel und so weiter. Am Schluss war er sogar verschuldet. Und es stimmt: Die vielen Reisen, die Mozart unternommen hat, musste er alle mit der Kutsche absolvieren.«

»Mit der Kutsche?«, quiekte Finn auf. Dann fiel ihm ein: »Ja, klar. Logisch. Man sieht ja sogar heute noch total viele Kutschen in Wien. Die spinnen, die Wiener.«

Nun mischte sich auch sein Vater ein: »Reisen im 18. Jahrhundert, das war nicht nur beschwerlich, sondern auch gefährlich. Die Kutschen blieben im Schlamm stecken. Oder die Räder brachen. Oder sie wurden von Wegelagerern überfallen.«

»Das kenne ich von Robin Hood!«, sagte Finn.

»Na ja, der war noch fünfhundert Jahre früher«, korrigierte sein Vater. »Trotzdem kannst du es dir ungefähr so vorstellen. Heute ist es ja nur noch ein Touristenvergnügen, sich mit einem Fiaker, wie die Kutschen hier heißen, ein bisschen durch die Stadt kutschieren zu lassen. Damals aber waren die Kutschenreisen schmerzhaft, anstrengend und langsam. Die Entfernung zwischen zwei Etappen betrug etwa fünfundzwanzig Kilometer, für die man drei bis fünf Stunden benötigte. Dann mussten die Pferde gewechselt werden. Und trotzdem ist Mozart wahnsinnig viel gereist. In seinem kurzen Leben hat er mehr als zweihundert Städte in zehn Ländern besucht.«

»Wow!« Finn versuchte, sich das vorzustellen, als das Taxi hielt und Joanna sagte: »Wir sind da.«

Finn stieg aus und blickte auf die Wiener Staatsoper, über die sie gerade gesprochen hatten. »Hä? Ich denke, wir gehen erst ins Hotel?«

Joanna tippte ihm auf die Schulter. »Umdrehen. Andere Seite!«

Finn wandte sich um und sah auf die prunkvolle Fassade des Hotels. »Ui, nicht schlecht!«

»Nicht schlecht?«, wiederholte sein Vater. »Das ist das Hotel Sacher. Eines der berühmtesten Hotels der Welt.«

»Ach!«, sagte Finn. »Hier ist wohl alles berühmt! Das Opernhaus, Mozart, das Hotel …«

»Und die Torte«, ergänzte sein Vater lachend. Dabei zeigte er auf das Café, das gleich neben dem Hoteleingang lag. »Die Sachertorte im Café Hotel Sacher.«

»Und was genau ist eine Sachertorte?«, fragte Finn. Nach der Geschichte mit der Marillenmarmelade und dem Schlagobers fragte er lieber nach.

»Ein Schokoladenkuchen«, antwortete Joanna.

»Na, na«, widersprach ihr Vater. »Das ist kein gewöhnlicher Schokoladenkuchen, sondern eine Schokoladentorte, in der Mitte

durchzogen von einer Schicht bitterer Orangenmarmelade und mit einer dicken Glasur aus Zartbitterschokolade obendrauf.«

Joanna lachte. »Die magst du wohl gern, was?«

Ihr Vater nickte. »Allerdings! Meine ab-so-lu-te Lieblingstorte. Aber nur mit Schlagobers.« Er tippte auf seine Armbanduhr. »Gleich heute Nachmittag werde ich hier im Café Sacher so eine Torte essen. Wer macht mit?«

»Jep!«, rief Finn. »Ich bin dabei. Gibt's die auch mit Erdbeermarmelade?«

»NEIN!«, rief sein Vater entsetzt. »Auf gar keinen Fall! Und wird es hoffentlich auch nie geben!« Er holte die Koffer aus dem Kofferraum des Taxis, schüttelte dabei immer noch den Kopf und zischte vor sich hin: »Mit Erdbeermarmelade! Ich fasse es nicht!«

Finn betrachtete die Fassade des Hotels. Ein flaches schwarzes Vordach, welches zwischen zwei Eingangssäulen hervorschaute, präsentierte mit goldener Schrift stolz seinen Namen zu allen drei Seiten: Hotel Sacher. Über den Säulen noch einmal der gleiche Schriftzug: Gold auf Schwarz. Fünf Flaggen hingen schlaff vom Balkon im ersten Stock: die Europa-Flagge, die englische, die der USA, die deutsche und die Österreichs. Zu beiden Seiten des Eingangs schützten rote Markisen die Fenster des Restaurants zur Rechten und die des Cafés zur Linken vor der Sonne.

Ein Portier mit weißem Hemd, grauer Krawatte, roter Weste und einem roten Gehrock mit goldenen Knöpfen und golden abgesetztem Kragen sowie einem schwarzen Zylinder mit roter Schärpe auf dem Kopf empfing jeden Gast persönlich vor dem Eingang und nahm ihm das Gepäck ab oder bestellte für die Gäste ein Taxi. Jetzt kam Finn sich auch vor wie ein Promi im Kindesalter, wie dieser Mozart vor mehr als zweihundert Jahren.

Aber das sollte noch nicht alles sein. Sie betraten das Hotel und landeten in einem überraschend winzigen Foyer. Schon einmal – in Berlin – war Finn mit seiner Schwester in einem traditionsreichen Luxushotel gewesen. Damals hatte ihn das gigantische Foyer mit seinen gemütlichen Sitzecken und breiten Riesensesseln beeindruckt. Hier standen sie in einem Flur, der kaum größer war als der bei ihnen zu Hause. Rechts führte er zu einem Restaurant, links zu einem kleinen, unscheinbaren Tresen der Rezeption und geradeaus durch einen engen Gang in das eigentliche Foyer, das eingerichtet war wie ein zu vollgestelltes Wohnzimmer aus vergangenen Zeiten. Blumig gemusterte Plüschsessel und rote Sofas waren um Marmortischchen drapiert. Darauf standen dunkelrote Tischlampen, die gemeinsam mit gedimmten Kronleuchtern den fensterlosen Raum in ein mattes, warmes Licht hüllten. An der Wand hing ein riesiges Gemälde mit einem Segelschiff-Motiv. Überdimensional große Blumengebinde füllten die Tische.

Durch schmale, verschachtelte Flure ging es zu diversen Nebenräumen, deren Wände mit Hunderten kleiner Fotos prominenter Gäste verziert waren, und zu einem kleinen, engen Fahrstuhl, in dem höchstens drei Leute gleichzeitig Patz fanden.

Nachdem Finn und Joanna sich einen Überblick verschafft hatten, kehrten sie zurück in das kleine Foyer, in dem ihr Vater an der Rezeption eincheckte. Er bekam den Zimmerschlüssel und wollte gerade nach seinem Koffer greifen.

»Nein, nein!«, widersprach der Portier. »Das Gepäck wird Ihnen selbstverständlich aufs Zimmer gebracht. Lassen Sie es ruhig hier stehen, mein Herr.«

Auch Finn und Joanna wollten ihre Taschen nehmen, doch wieder meldete sich der Portier: »Wir bringen selbstverständlich das gesamte Gepäck hinauf.«

»Wie? Meines auch?«, wunderte sich Finn. Er hatte noch nie von einem Hotel gehört, in dem man Kindern das Gepäck nachtrug. Er war doch kein Popstar! Auch Joanna zog erstaunt die Augenbrauen hoch.

»Aber selbstverständlich, die Herrschaften«, sagte der Portier. »Gehen Sie auf Ihr Zimmer. Ihr Gepäck wird in wenigen Minuten dort sein.«

Finn schaute unsicher zu seiner Schwester.

Joanna nickte dem Portier freundlich zu. »Vielen Dank. Auf Wiedersehen!«, sagte sie ausgesprochen höflich.

»Küss die Hand!«, rief der Portier ihr zu.

Finn prustete vor sich hin. Küss die Hand! Was war das denn für eine Vornehmtuerei?

»Also los!«, trieb ihr Vater sie an. »Worauf wartet ihr noch?«

Finns Familie bezog ein Zimmer der einfachsten Kategorie in der ersten Etage, das in anderen Hotels vermutlich als First-Class-Suite angeboten worden wäre. Neben dem Doppelbett für die Eltern fanden noch die Zustellbetten für Finn und Joanna Platz. So war es zwar ein bisschen eng. Aber die vier hatten mal Urlaub in einem gemieteten Wohnmobil gemacht. Dagegen war dieses Zimmer ein Schloss.

Kaum hatten sie es betreten, klopfte es an der Zimmertür.

»Zimmerservice! Ihr Gepäck!«

Finns und Joannas Mama öffnete die Tür.

»Küss die Hand, gnä' Frau«, begrüßte sie ein blutjunger Portier. Oder sagte man »Page«? Den Begriff hatte Finn mal in einem sehr alten Kinderkrimi gelesen, der auch in einem vornehmen Hotel, allerdings in Hamburg, spielte.

An seiner Mutter vorbei sah Finn einen goldfarbenen Wagen hinter dem Pagen, auf dem ihr Gepäck gestapelt war. Der Page nahm erst die Taschen, die oben auf dem Kofferstapel standen,

trug sie ins Zimmer und stellte sie vor dem großen Kleiderschrank ab.

Joanna sah ihm dabei entzückt zu, wie Finn bemerkte. Er verzog die Mundwinkel. ›Nicht schon wieder!‹, dachte er nur. Er
schätzte den Pagen auf nicht älter als sechzehn Jahre. Vielleicht
war er gar nicht hier angestellt, sondern machte nur ein Prak-
tikum oder so. Jedenfalls sah er äußerst gut aus. Das musste
Finn ihm lassen. Und – Finn seufzte unmerklich – er war genau
Joannas Typ.

»Vielen Dank!«, säuselte sie. Ja, sie säuselte! Seine Eltern schienen das mal wieder nicht mitzubekommen. Sein Vater ohnehin
nicht. Jetzt zum Beispiel stand er etwas ratlos da und wusste
nicht, ob und wie viel Trinkgeld er dem Pagen für das Tragen
des Gepäcks geben sollte. Hilflos schaute er seine Frau an. Finns
Mutter war für die praktischen Dinge in der Familie zuständig. Als Geschäftsfrau sowieso. Sie pulte eine Münze aus dem
Portemonnaie und drückte dem Pagen zwei Euro in die Hand.
»Danke sehr!«

»Gern geschehen!«, strahlte der Junge.

»Ja, vielen, vielen Dank!«, säuselte Joanna ihn wieder an.

Finn verdrehte die Augen. Der Junge lächelte zurück. Joanna
und er warfen sich Blicke zu, als würde ein rosafarbener Laser-
strahl an den Himmel schreiben: Wir müssen uns unbedingt
bald treffen!

Kaum hatte der Page das Zimmer verlassen, stellte Finn klar:
»Für zwei Euro hätte ich das Gepäck auch hier hergebracht!«

»Ja natürlich«, meinte Joanna schnippisch. »Und dabei die
Hälfte der Taschen unten stehen lassen. Döskopp. Nun gönn
dem doch sein Trinkgeld!«

»Okay, Kinder!« Ihr Vater klatschte in die Hände. »So schön
das Zimmer auch ist, ihr könnt es heute Abend genießen, wenn

Mama und ich zum Opernball gehen. Jetzt lasst uns keine Zeit vertrödeln, sondern …«, er legte eine dramaturgische Pause ein, »was tun?«

»Schokokuchen essen!«, rief Finn. »Mit Schlagober!«

Sein Vater lachte. »Sachertorte heißt das. Und Sahne heißt Schlagobers, nicht Ober wie Kellner.«

»Mir egal«, antwortete Finn. »Hauptsache Kuchen.«

Joanna verzog das Gesicht. »Ich möchte mir lieber Wien anschauen!«

Finn rollte mit den Augen. »Oh Mann! Neuerdings denkt sie ständig, sie wird zu dick!«

»Was?«, ging Joanna auf ihren Bruder los. »Erzähl doch nicht so 'n Scheiß!«

Ihre Eltern wurden sofort hellhörig.

»Stimmt das?«, fragte ihre Mutter.

»Nein, Unsinn!«, wehrte Joanna ab, die kein Gramm Fett am Körper hatte.

»Wirklich?«, hakte ihre Mutter besorgt nach. »Isst du anständig in der Schulkantine? Zu Hause stocherst du abends ja eher auf deinem Teller herum.«

Joanna warf Finn einen bösen Blick zu. »Ich esse ganz normal. Ich will lediglich weniger Zucker zu mir nehmen. Ist eh ungesund.«

Ihre Mutter runzelte die Stirn. »Das stimmt zwar. Und es ist auch in Ordnung, weniger Zucker zu essen. Aber nicht, dass du anfängst, insgesamt zu wenig zu essen. Du bist eh schon sehr dünn.«

»Ich bin *schlank*«, erwiderte Joanna. »Können wir jetzt gehen?«

»Ja!«, rief Finn. »Runter ins Café: Zucker schlecken! Schokotorte mit Schlagober.«

Sein Vater korrigierte erneut: »Obers! Mit s am Ende! Und ich nehme noch eine Melange dazu.«

»Melongsch?«, fragte Finn. »Was ist das denn nun wieder? Klingt wie Melonen-Mus.«

Joanna quiekte auf. »Ha. Wie kommst du denn auf so einen Blödsinn?«

»Die Wiener Melange ist eine Kaffeespezialität in Österreich«, erklärte ihr Vater. »Sie besteht aus gepresstem Kaffee mit Milch und einer Haube aus geschäumter Milch obendrauf.«

»Ach so!«, sagte Finn. »Ein Café au Lait. Kenne ich aus Paris. Aber ich trinke lieber eine heiße Schokolade.«

»Oh, vorsichtig!«, warnte sein Vater. »Wenn du in Wien eine heiße Schokolade bestellst, bekommst du nicht unbedingt einen Kakao, sondern heiße Milch mit echter Schokolade, Sahne und Eigelb!«

»Heiße Milch mit Eigelb? Uäääh!«, rief Finn. »Die spinnen, die Wiener.«

»Also, gehen wir jetzt?«, fragte Joanna. »Ich würde gern ins Mozart-Museum!«

»Och, nö!«, jammerte Finn.

»Du musst ja nicht mit. Stopf du dich mit Schokolade voll!«, raunzte Joanna ihm zu.

»Wartet einen kleinen Augenblick«, bat ihre Mutter und versprach: »Ich muss nur das hier kurz wegschließen, dann gehe ich mit dir ins Museum.«

Sie griff in ihren Koffer, der offen auf dem Doppelbett lag, und holte zwischen zwei Blusen eine flache, quadratische, fein verzierte Holzschachtel hervor.

»Was ist das?«, wollte Finn wissen.

Seine Mutter setzte ein feierliches Gesicht auf und lächelte, wie sie es sonst eigentlich nur zu Weihnachten kurz vor der Bescherung tat. Dann öffnete sie mit einer langsamen, würdevollen Bewegung die schmale Schatulle.

»Wow!«, stieß Joanna aus. Auf dunkelblauem Samt strahlte ihr ein mit unzähligen Diamanten besetztes Collier entgegen. »Wo hast du das denn her?«

»Das habe ich von meiner Mutter geschenkt bekommen, als ich volljährig wurde«, antwortete ihre Mutter. »Und sie hat es von ihrer Mutter und die wieder von ihrer. Es stammt also mindestens von deiner Ururoma, Joanna. Weiter kann ich es leider nicht zurückverfolgen. Laut einem Juwelier, bei dem ich es mal habe schätzen lassen, stammt es ungefähr aus dem Jahr 1870.«

»Irre«, hauchte Joanna. »Und wie schön es ist.«

Das Collier bestand aus mindestens zwanzig Diamanten, zusätzlich verziert mit zwei dunkelblauen Saphiren.

»Das hab ich noch nie an dir gesehen«, sagte Joanna.

»Kein Wunder«, antwortete ihre Mutter. »Ich habe es auch noch nie getragen. Dafür ist es zu wertvoll. Es liegt immer in einem Bankschließfach.«

»Zu wertvoll?«, fragte Finn. »Was ist es denn wert?«

»Der Juwelier hat es auf rund 8000 Euro geschätzt«, antwortete seine Mutter.

»Boah!«, machte Finn nur.

»Aber ich dachte, wenn man schon zum Wiener Opernball eingeladen ist, dann wage ich, es zu tragen. Zum ersten Mal.«

»Das finde ich gut«, stimmte Joanna ihr zu. »Es steht dir bestimmt super!«

»Und wenn du volljährig wirst, bekommst du es«, versprach ihre Mutter.

Joanna verschlug es die Sprache. »Wow!«, hauchte sie nur.

Finn machte große Augen. »Und ich?«, fragte er.

Seine Mutter zuckte entschuldigend mit den Schultern. »Tut mir leid. In der Tradition unserer Familie wurde es immer von Mutter zu Tochter weitergegeben.«

»Pöh!«, maulte Finn. »Und mein Ururopa hat nichts vererbt?«

»Nein.« Seine Mutter schüttelte bedauernd den Kopf.

»Und wennschon!«, ermahnte Joanna ihn. »Werd' doch nicht immer gleich neidisch. Freu dich doch lieber, wie schön Mama damit aussehen wird.«

»Ja, ja …!«, murrte Finn. »Können wir jetzt Schokokuchen essen gehen?«

Seine Mutter und Joanna schauten sich an und rollten mit den Augen. Dann legte ihre Mutter das Collier zurück in die Schatulle und diese in den Zimmersafe, der im Kleiderschrank untergebracht war. »Okay, wir können los.«

So pompös das Café Sacher auch war und sosehr die Torte auch schmeckte, Finn wurde es schnell langweilig. Kaum dass er den letzten Bissen hinuntergeschlungen hatte, fragte er, noch mit Tortenresten zwischen den Zähnen und einem weißen Sahnemund: »Was machen wir jetzt?«

Sein Vater hatte seine Melange noch nicht einmal halb ausgetrunken und auch von seiner Torte war noch ein Stückchen übrig. Mit vollem Mund zeigte er auf das verbleibende Stück und bedeutete Finn pantomimisch, dass er gern erst zu Ende essen würde.

Finn stöhnte, stützte den Kopf in die Hände und schaute sich um. Die meisten Gäste waren Touristen, denen es offenbar nur darum ging, einmal in ihrem Leben in dem berühmten Café gesessen zu haben. Sie alle hatten mehr mit ihren Smartphones zu tun als mit dem Kuchen, den sie bestellt hatten. Näherte sich ihnen der Ober, zack – Foto. Stellte er den Kuchenteller auf dem Tisch ab, zack – Foto. Dazu die Wiener Kaffeespezialität, derer es viele gab, zack – Foto. Das wurde selbst Finn zu dumm und er ließ sein Smartphone extra in der Hosentasche stecken. Auch wenn es ihm schwerfiel, denn eigentlich hatte er ein kleines Spiel spielen wollen, solange er auf seinen Vater warten musste. Stattdessen schaute er sich weiter um.

Drei Männer saßen im Café, jeweils allein an Einzeltischen, jeder von ihnen eine Tasse Kaffee vor sich auf dem Tisch und eine aufgeschlagene Zeitung vor der Nase, die an einer seltsamen Holzleiste befestigt war. So konnten die Seiten nicht durcheinandergeraten oder zerknüllen. Diese Leisten waren an einem Ende mit einem Haken versehen, an dem man die Zeitung nach dem Lesen an die Garderobe zurückhängen konnte.

Eine Dame mit einem auffällig plüschigen Federhut hatte einen Pudel bei sich, den sie von ihrem Finger mehr Sahne schlecken ließ, als sie selbst zu sich nahm. Dem viel zu dicken Hund sah man es an. Ein anderes älteres Pärchen, ein paar Tische weiter, sah äußerst vornehm aus, fand Finn. Bestimmt gingen die auch am Abend zum Opernball und hatten sich schon fein gemacht. Doch als er seinen Vater auf die beiden hinwies, schüttelte der verneinend den Kopf.

»Beim Opernball trägt man Abendkleid und Frack«, erklärte sein Vater.

»Ein Wrack?«, fragte Finn. »Ich dachte, das wäre ein untergegangenes Schiff?«

Sein Vater lachte laut auf, hielt sich dann eine Hand vor den Mund, machte eine entschuldigende Geste in alle Richtungen und erläuterte: »Ein Frack, mit F. Hast du bestimmt schon mal gesehen. Dirigenten tragen manchmal so etwas bei festlichen Konzerten.«

»Ach, die Dinger mit den zwei Schwänzen hinten, in denen man aussieht wie ein Pinguin?«, fragte Finn.

»Ja«, antwortete sein Vater und räusperte sich verlegen. »So in etwa. Hier ein paar Straßen weiter gibt es ein Fachgeschäft für maßgeschneiderte Fracks.«

Er drehte sich um, hob seinen Arm und rief: »Herr Ober, zahlen bitte.«

Dann wandte er sich wieder Finn zu. »Weißt du, der Wiener Opernball ist fast schon ein Staatsakt. Die höchsten Politiker kommen, ebenso zahlreiche Promis. Die gesamte High Society, wie man so sagt, also die absolute Spitze der Gesellschaft. Zum Beispiel der Bundeskanzler von Österreich, die deutsche Bundeskanzlerin, viele andere Staatsgäste und so weiter. Wenn wir nicht von der Kunstakademie eingeladen worden wären, hätten wir überhaupt keine Chance, eingelassen zu werden. Mal abgesehen davon, dass uns die Eintrittskarten viel zu teuer wären.«

Finn zog die Augenbrauen hoch. »Echt? Wieso? Was kostet denn eine Karte?«

»Wir haben die einfachste Kategorie bekommen«, erklärte sein Vater. »Ohne Sitzplatz. Die hätte uns pro Person etwa 315 Euro gekostet.«

Finn sprang kurz von seinem Stuhl auf: »Was? Über 600 Euro für zwei Stehplätze?«

»Pst!«, machte sein Vater. »Nicht so laut.«

Finn setzte sich wieder. »Und was kostet eine Sitzplatzkarte?«

»Tischkarte«, verbesserte sein Vater. »Es ist ja kein Fußballstadion. Man sitzt entweder an einem der großen Tische oder steht am Rand.«

»Ts, ts«, machte Finn. »Am Rand stehen! Wie bescheuert.«

»Na ja«, erläuterte sein Vater. »Um an einem Tisch sitzen zu dürfen, muss man zusätzlich zur Eintrittskarte noch mal zwischen 200 und 1200 Euro obendrauf legen.«

Finn schnappte nach Luft. »Ticken die nicht mehr ganz sauber?«

Der Ober kam an den Tisch, um die Rechnung zu bringen. Er hatte die letzten Gesprächsfetzen mitbekommen und grinste Finn an.

»Du hast ganz recht«, flüsterte er Finn zu. »Und wenn du in der Loge sitzen willst, zahlst du zwischen 13 300 und 23 600 Euro. Das waren jedenfalls letztes Jahr die Preise. Bestimmt ist es dieses Jahr wieder teurer geworden.«

Finn starrte den Mann an. »Sie machen doch Spaß, oder?«

Der Ober schüttelte den Kopf. »Leider nein. Die teuersten Karten kosten in etwa so viel, wie so mancher Kellner-Kollege in der hiesigen Gastronomie pro Jahr verdient.« Er zog die Schultern hoch. »Ist so.«

Finns Vater legte gleich noch fünf Euro mehr Trinkgeld auf den Zahlteller.

»Ich wünsche den Herrschaften einen schönen Abend«, sagte der Kellner und machte eine kleine Verbeugung.

»Küss die Hand!«, antwortete Finn, worauf sowohl der Ober als auch Finns Vater losprusteten.

»Was denn?«, fragte Finn.

»Das sagt man nur zu Damen«, erläuterte sein Vater.

»Pöh!«, machte Finn. »Das ist ja voll altmodisch.«

Lachend verabschiedete sich der Ober.

Und Finn und sein Vater verließen das Café.

Eine böse Überraschung

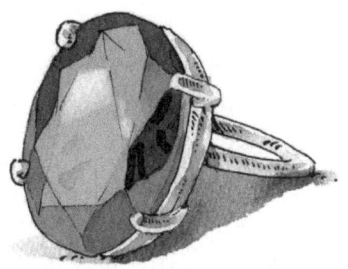

Finn war schwer beeindruckt. So hatte er seine Eltern noch nie gesehen. Sein Vater hatte sich schon zu Hause bei einem Ausstatter für einige Tage einen Frack ausgeliehen, seine Mutter war extra noch zu einem Friseur gegangen, hatte sich dezent bei einer Kosmetikerin schminken lassen und sich neue Schuhe und ein nagelneues Abendkleid in dunklem Königsblau gegönnt.

»Ihr seht aus wie ein Königspaar«, meinte Finn bewundernd.

Joanna musste lachen. Ausgerechnet Finn sprach über Könige! Von denen hatte er weder Ahnung noch interessierte er sich für Königshäuser. Dennoch musste sie ihm zustimmen, dass ihre Eltern toll aussahen.

»Und jetzt noch das Collier, Mama«, schwärmte Joanna. »Zu deinem neuen blauen Kleid, das wird der Hammer!«

Ihre Mutter lächelte verlegen. »Meinst du?«

»Und wie!«, betonte Joanna.

Ihre Mutter stellte sich vor den großen Spiegel neben dem Kleiderschrank und betrachtete sich mit kritischem Blick. Aber auch sie konnte keinen Makel an sich feststellen.

»Perfekt!«, kommentierte Joannas und Finns Vater.

Die Mutter lächelte ihm dankbar zu und bat ihn, das Collier aus dem Safe zu holen.

»Hast du den Zettel mit der Zahlenkombination?«, fragte er.

Seine Mutter verneinte. »Welchen Zettel denn? Den Code hab ich im Kopf.«

Finn schaute sie erstaunt an. »Du hast jetzt aber nicht dein Geburtsdatum als Kombination eingegeben, oder? Das machen die meisten und ist völlig unsicher!«

Joanna grinste. Finn war immer dagegen, dass sie Kriminalfälle lösten, aber in solchen Situationen zeigte sich, dass er eben doch so etwas wie ein Kriminalist war. Ebenso wie sie.

Ihre Mutter rollte mit den Augen. »Natürlich nicht. Für wie blöd haltet ihr mich? Die Kombination lautet: 1-3-9-7.«

»Was sind denn das für Zahlen?«, fragte ihr Mann. »Dass du sie dir so einfach merken kannst!«

»Also erstens habe ich die Zahlen ja erst vorhin eingegeben, als wir die Koffer ausgepackt haben. Und ein paar Stunden werde ich mir ja wohl vier Ziffern merken können. Und zweitens«, fügte sie fröhlich hinzu, »ergeben die Zahlen ein Quadrat. Wenn du dir eine Telefontastatur vorstellst oder einfach nur die des Safes betrachtest und die Ziffern 1-3-9-7 miteinander gedanklich mit einer Linie verbindest, erhältst du ein Quadrat.«

»Schlau!«, lobte Joanna.

Ihr Vater schaute sich die Tastatur des Safes an. »Stimmt!«, sagte er. Dann gab er den Code ein und drückte anschließend die Raute-Taste, so wie es angegeben war. Das Schloss öffnete sich mit einem leisen Klickgeräusch, Finns und Joannas Vater zog die Tür auf und griff hinein. Er stutzte, zog die Hand zurück, bückte sich etwas, um besser in den Safe schauen zu können, langte ein zweites Mal hinein und tastete den Boden des

Safes ab. Schließlich schaute er seine Frau verwirrt an. »Du hast das Collier ja schon herausgenommen!«

Sie schüttelte den Kopf. »Nein, hab ich nicht. Warum sollte ich?«

»Na ja«, sagte er. »Hier drinnen liegt es aber nicht.«

In der Miene seiner Frau zeigte sich eine Mischung aus Verwirrung und Panik. »Wie? Natürlich ist es dort drin. Ich hab's doch vorhin selbst hineingelegt.«

Sie ging auf den Safe zu, langte nun selbst hinein und tastete nicht nur den Boden, sondern auch die Wände und die Decke des Safes ab, obwohl es natürlich unmöglich war, dass das Collier daran klebte.

»Das …«, stammelte sie, »verstehe ich nicht.«

»Bist du sicher, dass du es nicht schon herausgenommen hast?«, fragte ihr Mann.

Solche Fragen aber machten Finns und Joannas Mutter zornig. Finn kannte das gut, weil Joanna genauso war. Schon wurde ihr Tonfall bissiger.

»Natürlich bin ich mir sicher«, zischte sie. »Hältst du mich für blöd? Kinder, hat einer von euch …?«

»Nein!«, wehrte Joanna ab.

›Oh, oh! Das sieht nach Streit aus‹, dachte Finn.

»Wir wussten doch bis eben die Kombination gar nicht. Und Papa auch nicht. *Du* hast dir die Ziffernfolge ausgedacht!«, fügte Joanna an, um jeden Verdacht im Keim zu ersticken.

Ihre Mutter sah die Argumente ein. Ihr Blick wechselte von zornig nach ratlos, wandelte sich kurz in traurig, um dann richtig wütend zu werden. »Dann muss es jemand gestohlen haben!«

Finn, Joanna und ihr Vater zogen gleichzeitig überrascht die Augenbrauen hoch und ließen ihre Münder offen stehen.

»Ge…stohlen?«, stammelte ihr Vater, der als Erster seine Sprache wiedergefunden hatte. »Aber wer … und wie …?«

»Ich weiß es nicht!«, antwortete seine Frau, immer noch fassungslos. »Aber eines steht fest: Ich habe das Collier nicht wieder herausgeholt. Jemand von euch auch nicht. Also muss es gestohlen worden sein.«

»Aber der Safe war doch verschlossen«, stellte der Vater noch mal klar. »Und zwar mit deiner Kombination. Das geht doch gar nicht.«

»Ich weiß nicht, was geht und was nicht«, schnaufte die Mutter. »Ich weiß nur, es *muss* jemand gestohlen haben. Das ist die einzige Erklärung.«

Finn schaute seine Schwester an. Er sah ihr an, dass sie glaubte, sie hätten einen neuen Fall. Bloß nicht!, hoffte er instinktiv.

Sein Vater suchte immer noch nach einer Erklärung.

»Vielleicht hast du die Safetür nicht richtig verschlossen«, begann er. »Jemand vom Zimmerservice war hier, hat das bemerkt, das Collier zur Sicherheit mitgenommen und es verwahrt. Ich frage gleich mal unten beim Portier nach!«

»Gute Idee!«, rief Finn erleichtert. »So war es bestimmt. Vermutlich war es der hübsche Page!«

»Haben sie dich gebissen?«, schnauzte Joanna ihn an. »Dann hätten die uns ja wohl benachrichtigt.«

»Und außerdem«, fügte ihre Mutter an, »wie hätte der Zimmerservice den Safe dann wieder verschließen können, ohne meinen Code?«

Finn ließ den Kopf sinken. Schade, das wäre eine so schöne Theorie gewesen. Er schaute zu seinem Vater, aber dem fiel nun auch nichts mehr ein. Finn musste sich eingestehen, dass die Frauen in der Familie recht behielten: Sie hatten wieder einen neuen Kriminalfall.

»Ich rufe jetzt die Polizei!«, entschied seine Mutter.

»Besser den Portier!«, widersprach ihr Mann. »Der informiert dann die Polizei.«

Sie zögerte, dann war sie einverstanden. Ihr Mann reichte ihr den Hörer vom Zimmertelefon. Doch sie lehnte ab.

»Das mache ich lieber persönlich«, sagte sie. Als sie an der Tür ankam, stoppte sie und sah an sich herunter. »Na ja, in diesem Aufzug will ich auch nicht gerade einen Diebstahl melden.«

So nahm ihr Mann dann doch das Telefon und rief den Zimmerservice an.

Fünf Minuten später klopfte es an der Tür.

Finns und Joannas Mutter öffnete. Der Portier betrat mit düsterer Miene den Raum. Ihn begleitete ein zweiter Mann mittleren Alters. Er trug einen feinen dunklen Anzug und kurze, gegelte Haare. An seiner rechten Hand bemerkte Finn eine goldene Uhr und an der linken einen auffällig dicken, goldenen Ring am Ringfinger. Finn rätselte, ob das ein Ehering sein sollte.

Der Portier stellte den Mann als Herrn Wanninger, Hausdetektiv, vor.

»Gnä' Frau«, begann der Portier. »Ich bin untröstlich. Die Polizei ist selbstverständlich informiert. Sie wird gleich hier sein. Ich kann Ihnen nur versichern, dass so etwas normalerweise in unserem Hause nicht vorkommt. Ich kann es immer noch nicht glauben. Aber Sie dürfen gewiss sein, dass wir alles in unserer Macht Stehende unternehmen werden, um diesen Fall so schnell wie möglich aufzuklären.«

Unbewusst hatte er damit das Reizwort ausgesprochen: den Fall!

Finn sackte innerlich in sich zusammen, während die Augen seiner Schwester blitzten. Sie hatten also wieder einen Fall. Finn wusste ganz genau, was geschehen würde. Kaum hatten der Portier und die Polizei das Zimmer wieder verlassen und würden ihre Eltern zum Opernball gehen, würde Joanna aufspringen und sich »des Falles« annehmen. Der Hausdetektiv hingegen unternahm eigentlich – nichts!

»Wollen Sie nicht Fingerabdrücke sichern?«, fragte Joanna ihn direkt.

Hausdetektiv Wanninger schüttelte den Kopf. »Nein, das macht die Polizei. Die schicken das Einbruchsdezernat.«

Finn musste zugeben, das ging schnell. Denn kaum hatte der Detektiv auf Joannas Frage geantwortet, da klopfte es schon an der Tür. Dieses Mal standen gleich drei Herren davor. Alle drei in Zivil, einer von ihnen trug einen Alukoffer mit sich.

Finn fand, dass man ihnen trotzdem ansah, dass sie Polizisten waren. Sie waren so angezogen wie die meisten Kommissare im Fernsehen: mit Jeans, Sweatshirt und Lederjacke.

Die Männer grüßten höflich. Der Erste stellte den Koffer auf den Tisch, klappte ihn auf und alle drei nahmen verschiedene Utensilien heraus. Zwei begannen gleichzeitig an verschiedenen Stellen nach Fingerabdrücken zu suchen. Einer an der Zimmertür, der andere am Safe. Der Dritte bat die ganze Familie, ihre Fingerabdrücke abnehmen zu lassen, damit man später im Labor die Fingerabdrücke eines möglichen Fremden sofort erkennen könne.

Finn drückte also nacheinander alle fünf Fingerkuppen seiner rechten Hand auf ein Stempelkissen und anschließend auf eine entsprechende, noch leere Karteikarte, die der Polizist sogleich ausfüllte.

Finns Mutter zögerte: »Geht das nicht anders? Wir wollen zum Opernball. Dann hab ich ja ganz schmutzige Finger!«

»Sie können Ihre Abdrücke auch morgen auf dem Revier abgeben«, bot der Polizist an.

»Was ist mit dem Fenster?«, fragte Joanna.

Der Polizist, der den Koffer getragen hatte, blickte Joanna kurz an und lächelte. »Schon mal aus dem Fenster geschaut? Das Zimmer liegt im ersten Stock. Wie soll hier jemand durchs

Fenster einsteigen? Außerdem gibt es dort keinerlei Einbruchsspuren. Das habe ich gleich gesehen.«

Finn fand das einleuchtend, aber er sah seiner Schwester an, dass die mit der Antwort überhaupt nicht einverstanden war.

Die ganze Prozedur dauerte etwa dreißig Minuten. Währenddessen beobachtete Finn, wie der Portier und einer der Polizisten miteinander tuschelten. Sie standen hinter der geöffneten Schranktür und Finn konnte sie nicht richtig verstehen. Allerdings sah er, wie Joanna sich unbemerkt den beiden näherte.

Abschließend verabschiedeten sich die Polizisten wieder. »Kommen Sie also morgen aufs Revier wegen der Fingerabdrücke. Dort bekommen Sie von uns auch ein Protokoll für die Versicherung.«

»Versicherung?«, fragte Finns Mutter verblüfft.

»Ja«, bestätigte der Polizist. »Sie haben doch gesagt, dass ein wertvolles Collier gestohlen wurde. Das werden Sie doch bestimmt versichert haben?«

Finns Mutter schüttelte den Kopf. »Nein, das war ein Familienerbstück. Darüber habe ich doch keine Quittung.«

»Na ja«, belehrte sie der Polizist. »Aber Sie hätten doch von einem Juwelier eine Expertise bekommen können. Haben Sie das Collier denn nie schätzen lassen?«

»Doch, schon«, antwortete die Mutter. »Aber nur mal so, von einem befreundeten Juwelier. Ohne offizielle Expertise. Der Wert interessierte mich ja nicht wirklich. Für mich hat das Collier einen ideellen Wert. Es wurde seit Generationen von Mutter zu Tochter weitergegeben.«

Mit Bedauern schaute sie zu Joanna.

»Oje!«, sagte der Polizist. »Dann bekommen Sie ja nicht mal den Schätzwert von der Versicherung, sondern gar nichts!«

Plötzlich fiel Joanna etwas ein. »Aber ich habe ein Foto! Mama hatte das Collier heute Nachmittag noch angelegt. Da habe ich es fotografiert.«

Joanna zog ihr Smartphone hervor und zeigte dem Polizisten das Foto.

»Tja«, sagte dieser. »Das legen wir gern zu den Ermittlungsakten. Aber der Versicherung wird das Foto nichts nützen. Weder kann man darauf erkennen, dass die Steine echt sind, noch lässt sich damit beweisen, dass das Collier wirklich Ihrer Frau Mama gehörte. Das Foto kann ja theoretisch zu jeder Zeit überall geschossen worden sein, mit einem geliehenen Collier.«

Er deutete mit einem Kopfnicken auf den Frack von Joannas Vater, an dem noch das Etikett der Verleihfirma baumelte. Mit hochrotem Kopf riss Vater es ab.

»Also«, beendete der Polizist das Gespräch. »Wir sehen uns dann morgen auf dem Revier.«

Nachdem die Polizisten, der Portier und der Hausdetektiv gegangen waren, blieb Joanna auffällig schweigsam.

Mama stand immer noch wie in Schockstarre da und trauerte ihrem Erbstück nach. Ihr Mann nahm sie zärtlich in den Arm und versuchte, sie zu trösten.

»Das Collier sehen wir nie wieder«, klagte sie leise. »Über Generationen in Familienbesitz, und ich lasse es mir stehlen. Ausgerechnet ich!«

»Mach dir keine Vorwürfe«, sagte er. »Es ist doch nicht deine Schuld. Ein solcher Diebstahl kann jedem passieren.«

Seine Frau schüttelte den Kopf. »Ich hätte es im Bankschließfach lassen sollen!«

Er widersprach: »Auch in Banken wird eingebrochen.«

Doch sie winkte ab. »Ich glaube, keine meiner Vorfahren hat das Collier je getragen. Ich hätte es auch sein lassen sollen.«

»Aber das ist doch Unsinn«, widersprach Papa erneut. »Ein Schmuckstück wird doch dafür gemacht, dass man es trägt. Wenn man es immer im Safe lässt, hat es doch gar keinen Sinn. Und es macht dann auch keinen Unterschied, ob man es besitzt oder nicht, wenn man es sowieso nie sieht.«

So recht schien Mama sich allerdings nicht überzeugen zu lassen.

Papa versuchte es nochmals: »Lassen wir uns nicht den Abend verderben. Du siehst wunderschön aus, auch ohne Collier. Und wir haben uns so sehr auf den Opernball gefreut.«

»Genau!«, stimmte Joanna ihrem Vater zu. »Genießt den Abend. Die Polizei wird ihre Arbeit machen. Wer weiß, vielleicht haben die den Dieb schon gefasst und das Collier wiedergefunden, wenn wir morgen aufs Revier gehen.«

Ihre Mutter nickte zaghaft.

»Also Kinder«, sagte sie. »Ihr habt es ja selbst mitbekommen. Wir gehen dann. Lasst aber bitte Fenster und Tür geschlossen, bis wir zurück sind, ja? Unsere Handynummer habt ihr. Ich lasse mein Handy die ganze Zeit an und trage es bei mir, falls irgendetwas ist.«

»Die beiden kommen klar«, versicherte ihr Mann. Er war in solchen Dingen schon immer deutlich lockerer gewesen als seine Frau.

Die überprüfte noch mal ihre Garderobe und ihre Schminke im Spiegel. Dann verabschiedeten sie sich.

Joanna wartete noch ein Minütchen ab. Dann legte sie ihr Ohr an die Tür, wartete und lauschte wiederum ein Weilchen. Schließlich öffnete sie die Zimmertür einen Spalt, schaute hinaus, schloss die Tür wieder und gab bekannt: »Die Luft ist rein. Mama und Papa sind weg. Wir können loslegen!«

Ein neuer Fall

Finn machte ein erstauntes Gesicht. »Loslegen? Womit?« Er ahnte es natürlich längst, aber vielleicht gab es ja doch noch Hoffnung, dass er sich täuschte.

»Womit?«, fuhr Joanna ihn an, wodurch Finns Hoffnungen sofort zerplatzten. »Hast du nicht zugehört?«

»Wem?«, fragte Finn.

»Na, dem Polizisten und dem Detektiv«, betonte Joanna. »Als die beiden getuschelt haben, haben sie davon gesprochen, dass dies bereits der fünfte Diebstahl ist. In den vergangenen zwei Tagen. Der fünfte! Verstehst du?«

»Echt?«, staunte er. Das war viel. Nur, was änderte sich dadurch für sie?

»Fünf Diebstähle in zwei Tagen!«, half Joanna ihm auf die Sprünge. »Das bedeutet: Das ist kein Zufall, sondern System. Sprich: Hier ist ein Seriendieb am Werk. Oder eine professionelle Diebesbande.«

Klar! Das sah Finn auch so. Für diese Einschätzung musste man keine speziellen kriminalistischen Kenntnisse haben.

Auch dass keine Spuren hinterlassen worden waren, sprach ja für Profis.

»Und es ist Opernball!«, ergänzte Joanna.

»Was hat das alles miteinander zu tun?«, fragte Finn.

Joanna seufzte tief. »Mensch, Finn. Denk doch mal nach! Das Hotel ist voll mit Gästen des Opernballs. Viele von denen sind sehr reich. Sonst könnten sie sich die Eintrittspreise gar nicht leisten! Und sie tragen zu diesem Anlass ihren wertvollsten Schmuck. Genau wie Mama es wollte.«

Finn stimmte ihr zu. »Ja. Klingt logisch. Na und?«

»Finn!« Joannas Geduld war fast am Ende. »Das ist doch völlig klar! Die fünf Opfer waren erst der Anfang. Der Dieb wird wieder zuschlagen!«

Finn riss Augen und Mund auf. »Du willst doch nicht etwa …«, begann er zögerlich.

Joanna fiel ihm ins Wort, weil sie wusste, was er sagen wollte. »Doch! Natürlich will ich den Dieb schnappen!«, stellte sie unmissverständlich klar. »Was denkst du denn? Es liegt doch auf der Hand: Die Polizei hat kein Personal, um Wachen aufzustellen, sondern nimmt nur die Diebstähle auf. Das hast du doch eben selbst mitbekommen, dass die nichts unternimmt.«

»Und wie willst du das anstellen?«, fragte Finn. Kaum hatte er die Frage ausgesprochen, hätte er sich am liebsten selbst geohrfeigt. Denn nun glaubte Joanna, dass er bereit war, bei der Verbrecherjagd mitzuhelfen. Genau das aber wollte er nicht.

Prompt lächelte ihn seine Schwester an. »Siehst du, Finn. Das ist genau die richtige Frage!«

Finn seufzte. Den gemütlichen Abend am Laptop mit Netflix-Serie oder Computerspiel und Cola und Chips, auf einem weichen, warmen Bett liegend, sah er in seiner Vorstellung davonschweben wie eine Seifenblase, die zerplatzte.

»Die Bedingungen, den Dieb zu schnappen, sind so gut wie nie zuvor!«, behauptete Joanna mit einer Begeisterung, die Finn Angst einjagte.

»Ach ja?«, piepste er. »Wie … denn?«

Joanna zählte an den Fingern auf: »Punkt eins: Wir wissen, dass der Dieb erneut zuschlagen wird. Punkt zwei: Wir wissen, wann er es tun wird. Nämlich heute oder spätestens morgen Nacht. Denn morgen werden die Ersten wieder abreisen, die meisten wohl übermorgen. Und wir wissen, wo er es tun wird. Hier im Hotel.«

Finn stieß einen verächtlichen Lacher aus. »Na toll. Weißt du, wie viele Zimmer dieses Hotel hat?«

Finn wusste es natürlich nicht. Er wusste nur, dass es ein großes Hotel war und dass es unmöglich sein würde, alle Zimmer zu überwachen, um zu sehen, wann und wo der Dieb das nächste Mal einsteigen würde.

Doch Joanna antwortete ihm ganz cool: »Aber natürlich weiß ich das!« Sie hielt ihm ihr Smartphone vor die Nase, auf dem sie die Website des Hotels aufgerufen hatte. Sie referierte ihm aus dem Kopf, während Finn mitlas: »Es gibt 149 Zimmer. Davon dreizehn Suiten und einundvierzig Juniorsuiten. Das sind die teuersten. Also die mit der höchsten Wahrscheinlichkeit, dass dort Wertsachen im Safe liegen. Fünf können wir abziehen. Da war der Dieb schon.«

»Bleiben 144 Zimmer«, stellte Finn nüchtern fest.

Joanna ließ sich nicht aus dem Konzept bringen. »In diesem Hotel sind große Hunde erlaubt. Ich denke, die Zimmer, in denen die Gäste einen mitgebracht haben, können wir streichen. Zu gefährlich für den Dieb. Weiterhin können wir alle abziehen, wo einzelne Männer das Zimmer belegen statt Frauen oder Pärchen.«

»Wieso willst du die denn abziehen?«, wunderte sich Finn.

Joanna sah ihn spöttisch an. »Weil Männer höchst selten Diamant-Colliers um den Hals tragen, du Hirni. Männer haben höchstens teure Uhren, aber die tragen sie ständig.«

Das leuchtete ein, musste Finn zähneknirschend zugeben. Einen Einwand hatte er trotzdem. Also in Wahrheit hatte er mindestens tausend Einwände. Aber nur zu einem stellte er eine Frage: »Woher willst du denn wissen, welche Zimmer wie belegt sind? Das herauszubekommen dauert doch ewig.«

Aus Joannas spöttischem Lächeln wurde nun ein breit grinsendes Schmunzeln. »Na, wie wohl?«, fragte sie zurück. »Wozu gibt es hier einen gut aussehenden Pagen?«

Finn war am Ende mit seinen Einwänden. Er sah keinen Ausweg mehr. Ohne nachvollziehen zu können, wie das wieder gegen seinen Willen geschehen war, war er erneut von seiner Schwester in einen Kriminalfall hineingezogen worden.

»Also!«, Joanna klatschte tatenfroh in die Hände. »Verlieren wir keine Zeit. Sprechen wir mit dem Pagen!«

Finn stöhnte auf: »Oh Mann! Du willst jetzt nicht ernsthaft das ganze Hotel nach dem Pagen absuchen.«

»I wo!«, antwortete Joanna.

Finn war schon drauf und dran, erleichtert aufzuatmen.

Da hob Joanna den Hörer vom Zimmertelefon ab, drückte die Taste »Rezeption« und sagte: »Schönen guten Abend. Könnten Sie uns wohl ein Kännchen Früchtetee aufs Zimmer bringen? Danke, sehr freundlich!«

Joanna legte auf, lächelte Finn mit einem breiten Grinsen an und verkündete: »Der Page kommt zu uns. In spätestens fünf Minuten ist er hier!«

Finn hatte es die Sprache verschlagen. Das war wieder typisch Joanna. Das Einzige, was er herausbrachte, war: »Wieso denn Früchtetee?«

Vier Minuten später klopfte es an der Tür. Joanna öffnete und strahlte, als sie sah, dass tatsächlich ihr Wunsch-Page gekommen war.

»Hallo!«, sagte sie und verfiel sofort in den Säuselton, den Finn zur Genüge kannte. »Komm rein! Ich bin übrigens Joanna.«

»Servus!«, sagte der Page. »Ich bin …« Er unterbrach sich selbst, schaute sich um, wohl um sich zu vergewissern, dass Joanna und ihr Bruder ohne Eltern im Zimmer waren. »Ich bin Simon.«

»Hi, Simon!«, säuselte Joanna. »Nett, dich kennenzulernen.«

Finn verdrehte die Augen.

Simon hielt noch immer das Tablett mit dem Früchtetee in der Hand. »Wohin?«

»Egal«, antwortete Joanna. »Ich mag gar keinen Früchtetee.«

Simon sah sie erstaunt an. Dann stellte er das Tablett auf dem nächstgelegenen Tisch ab. Er fragte aber nicht, weshalb Joanna den Tee bestellt hatte. Offenbar war er verschrobene Gäste gewohnt.

»Ich dachte, wir trinken eine Cola zusammen«, sagte Joanna und öffnete einladend die Tür der Minibar.

»Das darf ich nicht im Dienst«, antwortete Simon.

»Okay«, sagte Joanna unbeirrt. »Und wann hast du Feierabend?«

Simon sah auf seine Uhr und antwortete lächelnd: »In zehn Minuten!«

Finn verdrehte erneut die Augen.

»Prima«, freute sich Joanna. »Dann sehen wir uns in zehn Minuten hier?«

»Gern!«, antwortete Simon.

Joanna begleitete ihn zur Tür, verabschiedete sich, schloss die Tür hinter ihm und rief fröhlich: »Läuft doch!«

Finn verdrehte die Augen und seufzte tief.

Auf die Sekunde genau zehn Minuten später klopfte es erneut an der Tür. Herein kam Simon, diesmal in Jeans, Hoodie und Sneakers. »Da bin ich!«

»Wunderbar!«, freute sich Joanna. »Willst du auch eine Cola?«

»Klar!«

Joanna öffnete zwei Colaflaschen und reichte eine davon Simon.

»Hast du von dem Diebstahl bei uns gehört?«, fragte Joanna.

Simon nickte, trank einen Schluck und sagte: »Ja, üble Sache.«

»Der fünfte Fall innerhalb weniger Tage«, ergänzte Joanna.

Simon hatte gerade wieder die Colaflasche angesetzt. Er verschluckte sich fast, setzte sie schnell wieder ab, hustete zwei-, dreimal und fragte nach: »Woher weißt du das?«

»Für uns ein Kinderspiel«, antwortete Joanna lässig.

Simon stutzte. »Das verstehe ich nicht. Was soll das heißen?«

»Wir haben solche Fälle schon öfter gelöst«, behauptete Joanna selbstbewusst.

Nun hakte Simon nach. »Das verstehe ich nicht. Fälle gelöst? Was für Fälle? Seid ihr so etwas wie Kinder-Detektive, oder wie? So wie die *Drei Fragezeichen*?«

Er lachte, weil er die Frage als Scherz gemeint hatte.

Finn winkte auch sofort ab. »Quatsch!«

Doch Joanna antwortete: »So in etwa. Nur besser. Und in echt.«

Simons Blick wanderte zu Finn, der ihm bestätigen sollte, dass Joanna gerade scherzte. Dann wandte er sich wieder an Joanna. »Du machst dich über mich lustig, oder?«

Joanna schüttelte den Kopf.

Simon setzte nach. »Ihr habt nicht wirklich schon mal einen Kriminalfall gelöst?«

»Nein«, sagte Joanna. »Nicht einen. Sondern sechs!«

Simon wollte eigentlich noch einen Schluck trinken, doch nun setzte er die Flasche ganz ab. »Sie… sieben … Kriminalfälle?«

»Na ja«, gab Joanna sich jetzt übertrieben bescheiden. »Beim ersten Mal, in Florenz, wurde unser Vater entführt.«

»Entfü…?«, wollte Simon ausrufen.

Doch Joanna machte gleich weiter. »Da konnten wir ja gar nicht anders, als ihn zu finden und zu retten.«

»Zu ret…« Simon brachte seinen Zwischenruf wieder nicht vollständig über die Lippen.

»Was kam dann, Finn?«, fragte Joanna, obwohl sie es natürlich selbst wusste. Deshalb wartete sie Finns Antwort auch gar nicht erst ab, sondern prahlte weiter: »Dann hatten wir es in Prag mit Drogenhändlern zu tun, in Berlin beim Kinderparlament mit Korruption. Finn, machst du weiter?«

»Oh nein!«, wehrte Finn ab. »Ich … kann mich nicht mehr erinnern!«

»Du kannst dich nicht mehr erinnern, wie wir in Paris nachts mit den Tierschützern illegalen Fellhändlern auf den Pelz gerückt sind? Im wahrsten Sinne des Wortes?«

Finn seufzte. »Doch. Kann ich. Leider!«

»Na ja«, führte Joanna weiter aus. »In Stockholm haben wir einen Nobelpreisträger vor fiesen Gaunern gerettet.«

Simon vergaß vor lauter Staunen völlig, dass er immer noch eine Colaflasche in seinen Händen hielt. Beinahe hätte er sie fallen lassen. »Einen Nobelpreisträger?«

»Ja, ja«, sagte Joanna, als wäre das nichts Besonderes. »Und in London haben wir das Geld aus dem Postraub wiedergefunden.«

»Aus dem Postraub? Den aus dem Jahre …«

»1963. Genau den«, bestätigte Joanna ihm.

Simon sah sich um und setzte sich dann auf das Sofa. Wieder wanderte sein Blick zu Finn. »Stimmt das alles?«

Finn nickte. »Leider ja!«

»Puuuh!« Simon atmete langsam aus. »Beeindruckend.«

»Nicht wahr?«, sagte Joanna. Sie hockte sich auf dem Sofa dicht neben ihn.

»Und warum erzählst du mir das alles?«, fragte Simon.

»Na«, antwortete Joanna prompt. »Das ist doch sonnenklar. Weil wir jetzt unseren siebten Fall haben. Und du kannst mitmachen!«

Jetzt war es heraus! Finn hatte die ganze Zeit geahnt, worauf Joannas Prahlerei hinauslaufen würde. Sie wollte Simon beeindrucken und für sich gewinnen. Denn ohne ihn würde sie nicht an die benötigten Informationen kommen. Joanna brauchte so etwas wie einen Spion in der Belegschaft des Hotels. Und genau den angelte sie sich jetzt.

Nur Simon hatte das noch nicht ganz verstanden.

Joanna klärte ihn schnell auf: »Wir müssen wissen, welche Zimmer bisher beraubt wurden. Vielleicht gelingt es uns, so etwas wie ein Profil zu erkennen. Denn ich bin sicher, der Dieb kommt heute Nacht wieder. Wir müssen uns auf die Lauer legen. Dann können wir ihn erwischen!«

Simon sagte nichts.

Joanna wartete.

Finn beobachtete die beiden.

Aber Simon sagte immer noch nichts.

»Was ist?«, hakte Joanna nach einiger Zeit nach.

»Kann ich noch 'ne Cola haben?«, fragte Simon schließlich.

Das war natürlich nicht das, was Joanna hören wollte. Doch ohne zu murren, stand sie auf und holte eine weitere Cola aus der Minibar.

»Ich auch!«, meldete sich Finn.

»Dann hol dir eine!«, zischte Joanna ihm zu.

Finn verzog das Gesicht und ging ebenfalls zur Minibar. Aber nun war keine Cola mehr da. Nur noch Apfelsaft, Wasser und Bier.

»Oh Mann«, nörgelte Finn. Und nahm sich ein Wasser heraus.

Joanna wandte sich erneut an Simon. »Hör zu! Wir haben nicht viel Zeit. Ich befürchte, meine Eltern kommen schon so gegen Mitternacht zurück. Wenn wir Glück haben, bleiben sie auch länger weg. Aber bis Mitternacht sollten wir uns auf jeden Fall auf die Lauer legen.«

Simon zog nachdenklich seine Stirn kraus. »Ich glaube, der Dieb kommt viel später! Überlegt doch mal: Die meisten Gäste haben ihren teuersten und besten Schmuck, den sie mithaben, heute Abend angelegt. Die Zimmersafes werden weitgehend leer sein. Aber wenn sie heute Nacht zurückkommen, dann legen sie den Schmuck zurück in den Safe. Und dann erst lohnt sich die Diebestour.«

Finn nickte ihm zu. »Da ist etwas dran.«

Joanna lächelte Simon an. »Das heißt, du bist dabei?«

Simon lächelte zurück: »Okay! Ja!«

Joanna sprang ihm an den Hals, umarmte und drückte ihn und presste ihm ein Küsschen auf die Wange. »Super!«

Finn seufzte.

Erste Ermittlungen

Joanna widmete sich sofort begeistert dem neuen Fall.

»Ihr überseht einen wichtigen Punkt«, behauptete sie.

Finn und Simon spitzten die Ohren.

»Wenn die Gäste vom Opernball zurückkommen, sind zwar die Safes wieder belegt. Aber die Zimmer auch. Das Risiko für den Dieb, erwischt zu werden, ist ungleich höher als jetzt. Jetzt sind die Zimmer leer.«

»Und was soll der Dieb stehlen, wenn kein Schmuck in den Safes liegt?«, fragte Finn.

»Bargeld!«, antwortete Joanna prompt. »Auf dem Opernball zahlen bestimmt alle mit Kreditkarte. Manche hochgestellten Persönlichkeiten vielleicht auch mit ihrem Namen. Das heißt, die lassen sich eine Rechnung ins Büro schicken. Aber bestimmt zahlt dort niemand mit Bargeld. Wozu also sollten sie dicke Portemonnaies mitnehmen? Die lassen sie im Hotelzimmer. Der Dieb braucht das Geld nur noch einzusammeln. Und kann sich in vielen Fällen vermutlich sogar sparen, die Safes zu knacken. Er braucht nur die Geldbörsen im Zimmer aufzusammeln.«

Daran hatten Simon und Finn nicht gedacht.

»Und er spart sich sogar, den Schmuck umständlich irgendwo verkaufen zu müssen«, ergänzte Joanna.

Trotzdem war Finn nicht überzeugt. Er fand, Juwelen waren so viel mehr wert als ein bisschen Bargeld, dass sich für den Dieb bestimmt das Risiko lohnte, erst nach der Rückkehr der Gäste in die Zimmer einzusteigen. Schließlich hatten die Suiten mehrere Zimmer. Da war es gut möglich, dass die Gäste in dem einen Zimmer schliefen, während der Dieb im Nebenzimmer den Safe ausräumte.

»Also, wenn ich der Dieb wäre, ich würde jetzt loslegen«, widersprach Joanna. »Genau das sollten wir auch tun. Und zwar sofort.«

»Wenn du meinst …«, sagte Finn.

»Wo aber können wir uns am besten auf die Lauer legen?«, fragte Joanna. »Hast du einen Plan vom Hotel? So etwas wie einen Grundriss oder so?«

Simon schüttelte den Kopf. »Nein, ich bin auch noch nicht so lange hier. Aber ich habe die Etagen und Zimmer eigentlich schon recht gut im Kopf.«

»Okay«, sagte Joanna und wiederholte ihre Frage. »Und? Hast du eine Idee, wo und wie wir uns auf die Lauer legen?«

Wieder schüttelte Simon den Kopf. »Aber ich kann euch natürlich erst mal sagen, bei wem bisher eingebrochen wurde.«

Joanna blickte ihn erwartungsvoll an und Simon machte gleich weiter.

»Ehrlich gesagt, kann ich da kein Muster erkennen«, schränkte er gleich ein. »Also: eine Schauspielerin, die allein hier ist. Sie hat vor einiger Zeit einen Theaterpreis bekommen und wurde deshalb eingeladen.«

»Und die ist allein hier?«, wunderte sich Finn.

Simon zog die Schultern hoch. »Hat sich vor Kurzem von ihrem Mann getrennt.«

»Und so etwas weißt du?«, wunderte sich Joanna.

Simon lachte. »Und ob! Die Zeitschriften über Promis gehören zu meiner Pflichtlektüre. Ich muss immer auf dem Laufenden sein. Ich kann doch beispielsweise zu einem Gast nicht sagen: Schöne Grüße an Ihren Gemahl, wenn die sich gerade getrennt haben oder – noch schlimmer – der vielleicht gerade gestorben ist. Nein, da gibt es viele Fettnäpfchen, in die man treten kann, wenn man nicht Bescheid weiß.«

»Oh Mann, das wäre nichts für mich!« Finn hob abwehrend die Hände. »Mir reichen schon die Mädchen in meiner Klasse, die sich ständig Nachrichten hin und her schicken, wer angeblich mit wem zusammen ist.«

Joanna sah ihren Bruder amüsiert an. »Und? Mit wem bist du seit Neuestem zusammen?«

Finn stöhnte laut auf, lief rot an und machte eine wegwerfende Handbewegung. »Lass mich zufrieden!«

Joanna kicherte, Simon schmunzelte. Und die beiden warfen sich schon wieder Blicke zu, die Finn lieber nicht gesehen hätte.

»Okay«, Joanna kam zum Thema zurück. »Weiter. Wer wurde noch bestohlen?«

»Ein älteres Ehepaar. Er ist seit Langem im Ruhestand. War früher ein sehr erfolgreicher Unternehmer. Die haben richtig viel Geld und kommen seit zehn Jahren regelmäßig zum Wiener Opernball.«

Simon trank den Rest seiner Cola. »Und dann noch …«, sagte er gedehnt, während er in seinen Erinnerungen wühlte. »Ach ja, genau: ein junger Rapper, der ein Fernsehcasting gewonnen hat.«

»Dem haben sie Juwelen gestohlen?«, fragte Finn.

»Eine Rolex-Uhr!«, antwortete Simon. »Und der ist auch nicht wegen des Opernballs hier. Er hat morgen ein Konzert in der Wiener Stadthalle.«

»Gut«, sagte Joanna. »Wir sind die Fünften, die bestohlen wurden. Und wer ist der Vierte?«

»Da darf ich nur so viel sagen: eine ausländische Ministerin!«, antwortete Simon. »Und ehrlich gesagt: Das hat hier intern die höchsten Wellen geschlagen. Denn dass jemand in ihre Suite eindringen konnte, ist das eigentliche Sicherheitsrisiko. Es hätte ja auch statt eines Diebes jemand sein können, der ihr eine Bombe unters Bett legt!«

»Himmel!«, rief Joanna aus, als sie sich das Szenario vorstellte.

»Es laufen intern gerade heftige Debatten. Die ausländischen Sicherheitskräfte verlangen eine sofortige Verstärkung der Sicherheitsmaßnahmen. Aber unser Direktor will natürlich keine Bewachung seines Hotels, als wäre es eine Kaserne. Was macht das für einen Eindruck? Und niemand will die gesamte Gesellschaft des Opernballs in Panik versetzen.«

»Das verstehe ich gut«, sagte Joanna. Sie grübelte, wobei sie auf ihrer Unterlippe kaute, und sagte schließlich: »Ich sehe hier aber auch kein Muster, außer eines: Der Dieb muss sich aufgrund des Status der Gäste gedacht haben, dass bei ihnen etwas zu holen ist. Oder er hat die Schmuckstücke schon gesehen, als sie in der Öffentlichkeit getragen wurden. Die Rolex-Uhr zum Beispiel.«

»Und was ist mit Mamas Collier?«, wandte Finn ein. »Von dem konnte der Dieb ja wohl nichts wissen. Das kannten ja nicht einmal wir!«

»Stimmt!«, gab Joanna zu. »Das ist wirklich ein Rätsel!«

»Also, was machen wir jetzt?«, fragte Simon.

»All die Genannten sind doch jetzt bestimmt außer Haus, oder?«, fragte Joanna.

Simon zuckte mit den Schultern. »Schon möglich. Keine Ahnung.«

»Bekomme es bitte für uns heraus«, bat Joanna. »Und wenn es geht, schnell!«

»Äh …«, machte Simon. Mit einer solchen Anweisung hatte er offenbar nicht gerechnet. Aber er widersprach nicht, sondern überlegte laut: »Ja, gut … äh … Und dann?«

»Dann sehen wir uns in den Zimmern um. Vielleicht fällt uns etwas auf, was der Polizei nicht aufgefallen ist.«

»Nee, is klar«, rief Finn dazwischen. »Meine Schwester ist mal wieder schlauer als die Polizei!«

Joanna warf ihm einen bösen Blick zu. »Ja, allerdings, du Hirni. Hast du nicht mitbekommen, wie routinemäßig und lustlos die unser Zimmer durchsucht haben? Die haben sich nicht mal die Fenster angeschaut.«

»Nein!«, bestätigte Finn. »Sie haben ja auch gesagt, warum: Wie soll hier jemand durchs Fenster kommen?«

Joanna, die bisher noch nicht dazu gekommen war, das Fenster näher zu betrachten, ging darauf zu, zog den Vorhang beiseite, betrachtete den Rahmen, den Griff und … bemerkte etwas!

»Der Griff ist geöffnet!«, rief sie. »Schaut euch das an! Er steht quer, nicht senkrecht.«

Sie zog mit nur zwei Fingern daran, wodurch sich das Fenster öffnete, und erklärte: »Griff nach unten, das Fenster ist geschlossen, Griff nach oben, es steht auf Kipp. Aber quer heißt, man kann das Fenster komplett öffnen.«

Zur Demonstration führte sie jeden einzelnen Handgriff noch mal aus. Dann stellte sie den Griff wieder quer, so wie sie das Fenster vorgefunden hatte, und drückte es lose in den Rahmen. »So angelehnt, merkt man gar nicht, dass es offen stand.«

»Was willst du damit sagen?«, fragte Finn. »Vielleicht haben Mama oder Papa es nur falsch geschlossen, ohne es zu merken.«

Joanna schüttelte den Kopf. »Nein, niemand von uns hat das Fenster geöffnet, das weiß ich genau.«

Finn runzelte die Stirn. Er hätte das nicht mit solcher Bestimmtheit sagen können.

»Bist du dir sicher?«, fragte er.

»Ja!«, versicherte Joanna ihm. »Wir sind gekommen und dann gleich in die Stadt gegangen. Als wir zurückkamen, sind Mama und Papa sofort im Badezimmer verschwunden, haben geduscht und sich umgezogen. Niemand war am Fenster.«

Finn zog die Schultern hoch. »Und die Reinigungskräfte?«

»… lassen die Fenster so, wie sie sind. Die rühren sie nicht an«, erklärte Simon.

Finn atmete tief durch. »Du meinst also«, fragte er seine Schwester, »der Dieb ist durchs Fenster gekommen? Das geht doch gar nicht.«

Joanna kaute wieder auf ihrer Unterlippe und sah aus dem Fenster. Ihr Zimmer ging nach hintenraus. Die Fassaden der gegenüberliegenden Häuser waren komplett eingerüstet und mit Planen abgedeckt.

»Also, von gegenüber kann niemand hier hergucken«, stellte Joanna fest. Sie wandte sich wieder an Simon. »Kannst du uns sagen, in welche Zimmer bisher eingebrochen wurde?«

Simon verstand nicht. »Die hab ich doch eben aufgezählt.«

»Nein, nein«, Joanna winkte ab. »Nicht, welche Leute darin wohnen, sondern wo sich die Zimmer befinden. Alle nach hintenraus, wie dieses?«

Simon ging in Gedanken die einzelnen Opfer durch und überlegte, wo deren Zimmer lagen. »Das Ehepaar …«, sinnierte er leise vor sich hin, während er die beraubten Gäste an den Händen abzählte, »… die Schauspielerin, der Rapper … Ja! Du hast recht. Alle Zimmer gehen nach hintenraus.«

Joanna schnippte zufrieden mit den Fingern. »Das ist die Gemeinsamkeit! Hier auf der Rückseite des Hotels, in der kleinen Seitenstraße mit der Baustelle gegenüber, fällt es am wenigstens auf, wenn jemand an der Fassade hinaufklettert und durchs Fenster steigt.«

»An der Fassade?«

Finn konnte es nicht glauben. Er trat ans Fenster und schaute hinab, um sich die Außenwand des Hotels anzuschauen. Die war keineswegs so glatt, wie man es von modernen Betonklötzen gewohnt war. Jedes Fenster war mit feinstem Stuck verziert, es gab große Fenstersimse, und auch zwischen den Stockwerken zogen sich wie breite Gürtel hervorstehende Verzierungen und Simse quer über die Häuserwand. Genügend Vorsprünge jedenfalls zum Entlangklettern. Für einen guten Kletterer war die Fassade eine Kletterwand der leichtesten Kategorie.

»Wow!«, sagte Finn. »Du hast recht, Joanna.«

»Das heißt«, kombinierte Joanna weiter, »der Dieb weiß überhaupt nicht, wer welche Wertsachen dabeihat. Und er wusste demnach auch nichts von Mamas Collier. Er geht einfach davon aus, dass die Gäste des Hotels und des Opernballs so viel Geld besitzen, dass bei jedem etwas zu holen ist.«

»Du meinst ...«, wollte Simon nachfragen.

»Genau!«, unterbrach Joanna ihn. »Er geht einfach systematisch die Zimmer auf der Rückseite des Hotels durch, weil es hier am unauffälligsten ist, und räumt sie leer. Ich wette, alle diese Zimmer liegen auf einer Etage.«

»Nein!«, widersprach Simon. »Das kann ich ganz sicher sagen. Das alte, reiche Ehepaar zum Beispiel will immer ganz oben wohnen.« Trotzdem grübelte Simon weiter. »Jetzt, wo du es sagst, fällt mir etwas auf: Alle Zimmer, in denen eingebrochen wurde, liegen übereinander.«

»Aha!«, rief Joanna aus. »Er geht also nicht horizontal von Zimmer zu Zimmer, sondern vertikal.« Und dann fiel ihr noch etwas ein: »Simon, kennst du die Reihenfolge der Einbrüche?«

Simon dachte erneut nach, musste dann aber passen. »Nein, aber das kann ich im Büro nachgucken.«

»Tu das«, bat Joanna.

»Wieso ist das wichtig?«, wollte Finn wissen.

Joanna machte ein spitzbübisches Gesicht, als sie ihm antwortete: »Daran können wir ablesen, ob der Dieb von unten nach oben klettert oder sich vom Dach hinunterarbeitet.«

Simon war zutiefst beeindruckt.

»Wow!«, stieß er aus. »Du bist eine echte Detektivin. Respekt!«

»Das will ich meinen«, gab Joanna selbstbewusster zurück, als sie es in Wirklichkeit war. Finn erkannte jedenfalls, wie seine Schwester vor Verlegenheit rot anlief.

»Ich geh mich wieder umziehen«, sagte Simon. »Dann fällt es nicht auf, wenn ich im Hotel Nachforschungen anstelle. Ich sage einfach, ich habe wegen des Opernballs eine Schicht drangehängt.«

»Super!«, lobte Joanna ihn. »Am Ende bekommst du sogar noch ein besonders gutes Zeugnis, weil du so fleißig bist.«

»Ha, ha«, feixte Simon. »Ein gutes Zeugnis, weil ich als Hotelpage meinen Gästen nachspioniere. Super. Das hat es bestimmt noch nie gegeben.« Dann verschwand er im Flur. »Ich bin in einer halben Stunde wieder hier!«, rief er noch, bevor er die Tür hinter sich schloss.

Joanna sah ihm nach und murmelte: »Eigentlich hätte er uns mitnehmen können.«

»Spinnst du?«, sagte Finn. »Wenn Simon seine Uniform trägt, fällt er nicht auf. Aber wenn wir durchs Haus spionieren, machen wir uns sofort verdächtig.«

»Aber da werden wir sowieso nicht drum herumkommen«,

antwortete Joanna lapidar. »Oder willst du im Zimmer bleiben und Däumchen drehen?«

Genau das hätte Finn am liebsten getan. Aber er wusste, dass das für Joanna undenkbar war. Also behauptete er: »Nein! Natürlich nicht!«

Seine Schwester schnappte sich ihren Rucksack, den sie noch nicht ausgepackt hatte, schüttete ihn auf dem Boden aus und verteilte ihre Kleidung auf dem Teppich.

»Was suchst du denn?«, fragte Finn.

»Ich hab überhaupt nicht die richtigen Klamotten mit«, schimpfte Joanna. »Kein Sportzeug, kein Wanderzeug, nichts. Nur so *Wir gehen ins Museum*-Klamotten.«

»Aber du trägst eine Jeans und ein Sweatshirt«, sagte Finn. »Was willst du denn noch?«

Joanna rollte mit den Augen. »Du hast doch mitbekommen, dass der Dieb wahrscheinlich über die Fassade in die Zimmer einbricht. Da wäre Kleidung zum Klettern irgendwie sinnvoll.«

Finn hob abwehrend die Hände. »Du willst nicht ernsthaft die Fassade hochklettern und den Dieb verfolgen!« Finn traute seiner Schwester so ziemlich alles zu. Auch das. Aber das würde er definitiv nicht mitmachen.

Doch seine Schwester gab Entwarnung. »Natürlich nicht. Hältst du mich für lebensmüde?«

Finn atmete erleichtert auf. Wozu sie dann Kletterkleidung brauchte, wollte er noch fragen. Doch dazu kam er nicht, weil es an der Tür klopfte.

Simon stand davor, nun wieder in seinem Pagen-Dress.

»Gnä' Frau haben geläutet?«, sagte er grinsend, als Joanna ihm öffnete.

»Allerdings!«, antwortete Joanna. »Und gnä' Frau hat auch schon einen Plan!«

Ein großes Missgeschick

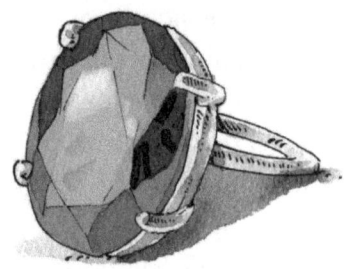

»Also, alles klar?«, fragte Joanna, nachdem sie ihren Plan ausführlich erläutert hatte.

Sie und Finn wollten auf der gegenüberliegenden Straßenseite auf das Baugerüst klettern. Simon sollte währenddessen im Hotel Posten beziehen, um den Hausdetektiv oder die Polizei zu verständigen, wenn der Dieb kam. Per Smartphone wollten sie in Verbindung bleiben.

Nur ein wesentliches Element der Vorbereitung fehlte noch. Um Simon schnell informieren zu können, wenn Joanna und Finn den Dieb sahen, wollte Joanna ein Foto von der Fassade machen und sich im Fotobearbeitungsprogramm die einzelnen Zimmernummern über die Fenster schreiben.

»Dazu musst du erst mal mit rüberkommen zum Gerüst«, bat Joanna Simon. »Dort kann ich dann das Foto machen.«

Simon war einverstanden, und so zogen die drei los, nachdem Joanna alle Sachen gepackt hatte.

»Es kann ja Stunden dauern, ehe der Dieb kommt«, erklärte sie. »Deshalb …«, sie kniete sich vor die Minibar und öffnete die Tür, »… nehmen wir alle Schokoriegel mit.« Währenddessen wandte sie sich an Finn. »An meinem Bett steht eine Flasche Wasser, Finn. Gib sie mir mal bitte.«

Auch die kam in ihren Rucksack.

»Haben wir noch Kekse oder so etwas?«, fragte sie.

Finn verneinte.

»Ich kann runter in die Küche gehen und mal schauen, was da ist. Vielleicht gibt es noch Bitschei von heute Morgen«, bot Simon an.

»Wen gibt es?«, fragte Finn.

Simon schmunzelte. »Bitschei … äh, Brötchen. Brötchen sagen wir aber nur, wenn es belegt ist.«

»Ja, bitte mit Salami!«, bestellte Finn wie in einer Bäckerei. »Oder was sagt ihr zu Salami?«

»Salami natürlich«, antwortete Simon. »Wir benennen alle Dinge so, wie sie heißen.«

Joanna und Simon lachten.

»Wir sehen uns dann gleich unten am Ausgang«, schlug Joanna vor.

Doch Simon schüttelte den Kopf. »Nein, hinterm Haus, am Hinterausgang. Wenn ich vorn dem Portier begegne, gibt's zu viele Fragen.«

»Auch gut, bis gleich!«

Simon ging vor. Joanna packte noch einige Dinge in ihren Rucksack, die sie vielleicht brauchen würde, wie zum Beispiel eine Powerstation für ihr Smartphone und eine kleine Taschenlampe, die sie immer in ihrem Reisegepäck hatte.

»Hast du ein Taschenmesser dabei?«, fragte sie ihren Bruder.

»Ja, aber was willst du damit?«, wunderte der sich.

Joanna wusste es nicht. »Nur für alle Fälle«, sagte sie.

Dann waren sie endlich so weit und gingen los.

Im Flur blieb Finn kurz stehen. »Was ist, wenn Mama und Papa vorzeitig zurückkommen und uns nicht im Zimmer vorfinden?«

Joanna seufzte, bevor sie antwortete: »Die kommen nicht vorzeitig zurück. Meinst du, die machen solch einen Aufwand mit Frack-Ausleihen, Neues-Kleid-Kaufen und so weiter, um dann nach einer Stunde nach Hause zu gehen?«

»Na ja«, wandte Finn ein. »Immerhin war heute Nachmittag ein Dieb in unserem Zimmer. Vermutlich machen sie sich Sorgen. Zumindest Mama. Du kennst sie doch.«

»Papa wird sie schon beruhigen«, hoffte Joanna. »Immerhin war der Dieb ja schon bei uns. Warum sollte er ein zweites Mal kommen? Ich denke, genau das wird Papa Mama auch fragen.«

Das konnte sich Finn auch sehr gut vorstellen. Joanna und sein Vater waren sich in solchen Dingen sehr ähnlich. Aber ob seine Mutter sich wirklich beruhigen lassen würde? Mit Unbehagen in der Magengegend folgte Finn seiner Schwester zum Fahrstuhl.

»Außerdem«, fügte Joanna noch an, als sie einstiegen. »Im Zweifel können Mama und Papa uns ja immer noch anrufen.«

»Und dann?«, fragte Finn, während Joanna den Knopf fürs Erdgeschoss drückte und sich die Türen schlossen. »Dann sagen wir ihnen, dass wir gegenüber auf dem Baugerüst hocken?«

»Bist du blöde?«, fauchte Joanna ihn an. »Wir sagen, dass wir uns das Hotel anschauen oder so. Vom Baugerüst aus sehen wir ja auch, wenn Mama und Papa ins Zimmer kommen sollten, und können sofort reagieren. Also entspann dich!«

Der Fahrstuhl hielt, Joanna und Finn stiegen aus.

Joanna sah sich um. »Weißt du, wo es zum Hinterausgang geht?«

Finn schüttelte den Kopf. »Keine Ahnung.«

»Okay«, entschied Joanna. »Bevor wir hier lange suchen, gehen wir außen herum.«

Vor dem Haupteingang stand immer noch der Portier, der jeden einzelnen Gast persönlich begrüßte, bei Neuankömmlingen das Gepäck entgegennahm, für Gäste ein Taxi oder eine Kutsche herbeipfiff oder Touristen den Weg erklärte.

Joanna und Finn gingen an ihm vorbei, ohne ihn weiter zu beachten.

»Servus, die Herrschaften«, grüßte dieser aber die beiden Kinder.

»Servus!«, grüßte Finn zurück.

Joanna warf ihm einen kritischen Blick zu. Sie ahnte wohl, was auf sie zukommen würde.

»Darf ich fragen, wohin ihr möchtet?«, fragte der Portier höflich. Dabei schaute er auf seine Armbanduhr. Das tat er aber nicht, um die Zeit abzulesen, sondern um entschuldigend anzudeuten, dass es für Teenies in Joannas und Finns Alter vielleicht schon ein wenig spät war, um allein in einer fremden Großstadt herumzulaufen. Joanna verstand diese Geste sehr wohl. Und Finn war innerlich sogar schon so weit, dass er fast stehenden Fußes umgekehrt wäre.

»Ich bin fast fünfzehn«, ging Joanna dagegen in die Offensive und erfand aus dem Stand heraus mal wieder eine rührige Geschichte: »Meine Mama hat ihre Tabletten vergessen. Wir bringen sie ihr schnell rüber. Sie wartet vor dem Opernhaus auf uns.«

Finn bestaunte einmal mehr dieses Talent seiner Schwester, das sie leider ab und an auch an ihm ausprobierte. Er würde nicht sagen, dass Joanna eine Lügnerin war. Aber sich spontan eine Geschichte auszudenken, um sich aus der Affäre zu ziehen, das beherrschte sie nahezu perfekt.

Der Portier nickte zufrieden. »Bestellt eurer Mama einen schönen Gruß«, bat er freundlich. »Und versichert ihr, ihr seid hier gut aufgehoben.«

»Danke. Gern!«, antwortete Joanna. Sie überlegte kurz, ob sie einen Knicks machen sollte, fand das dann aber übertrieben.

Um zum Hinterausgang zu kommen, wo sie mit Simon verabredet waren, hätten sie rechts um das Hotel herumgehen müssen. Die Wiener Oper lag allerdings direkt gegenüber, auf der anderen Straßenseite. Joanna ging auf den Fußgängerüberweg zu.

»Hey!«, rief Finn ihr zu, der ihr mit zwei Metern Abstand folgte. »Wo willst du hin?«

Joanna schaute nach links und rechts und überquerte dann schnell die Straße. Aber sie kam kaum auf den Gehsteig, denn sie musste sich zwischen einigen großen Lastwagen durchquetschen, die an der gegenüberliegenden Straßenseite parkten. Das waren die Übertragungswagen der Fernsehsender, die über den Opernball berichteten. Weiter links war ein gutes Stück der Straße mit goldfarbenen Ständern und roten Kordeln abgesperrt. Hier hielten die Limousinen der Promis, die beim Aussteigen auf einen lang ausgerollten roten Teppich traten, der sie zum Haupteingang führte.

Neben dem roten Teppich war eine große, weiße Wand mit zahlreichen Sponsoren-Logos aufgebaut. Gegenüber drängelten sich Hunderte Fotografen um die besten Plätze, dazwischen einige wenige auserwählte TV-Reporter, die, mit Mikrofon bewaffnet und in Begleitung von Kameramännern, nach Promis Ausschau hielten, um sie für kurze Statements abzufangen.

Auch die Durchgänge zwischen den Lkws waren teilweise versperrt mit Kabeln, Kisten und allerlei Zeugs, das Joanna nicht identifizieren konnte. Für sie stand es einfach nur im Weg.

»Hier kommt man ja nirgends durch!«, meckerte sie.

»Was willst du auch hier?«, fragte Finn. »Wir müssen in die andere Richtung.«

Joanna blieb kurz stehen. »Ist dir nicht aufgefallen, dass der Portier uns immer noch im Blick hat?«

Finn drehte sich suchend nach ihm um.

Joanna stöhnte auf. »Geht's vielleicht noch auffälliger?« Mit einem Kopfnicken zeigte sie Finn den Weg zwischen zwei Lkws hindurch. »Wir müssen da durch, dann im Schutz der Ü-Wagen nach rechts. Und dann dort hinten erst zurück auf die andere Straßenseite. Da sind wir außerhalb seines Blickfeldes. Pass aber auf, dass du über kein Kabel stolperst!«

»Okay«, sagte Finn.

Die beiden schlichen sich zwischen zwei Ü-Wagen hindurch, vorbei an einigen in Schwarz gekleideten Männern mit dicken Taschen an ihren Gürteln, die auf Koffern und Boxen saßen und Kaffee tranken. Es schienen Techniker der Fernsehsender zu sein.

»Der Opernball hat offenbar noch gar nicht angefangen«, wunderte sich Finn, denn seine Eltern waren ja bereits fast eine Stunde fort. »Sieh mal!«

Er zeigte auf eine große schwarze Limousine, die vor dem roten Teppich vorfuhr und aus dem ein milchgesichtiger junger Mann ausstieg.

»Was ist das denn für ein Schauspieler?«, fragte Finn. »Den hab ich noch nie gesehen.«

»Ich glaub, das ist ein Politiker«, sagte Joanna. »Oder ein Schlagersänger. Keine Ahnung! Los, komm, wir müssen weiter.«

Finn folgte ihr.

Joanna ging strammen Schrittes voran, obwohl auch sie gern noch einen Augenblick stehen geblieben wäre, um sich die Promis anzuschauen. »Auf jeden Fall ist es ein guter Zeitpunkt für den Dieb. Die gesamte öffentliche Aufmerksamkeit konzentriert sich auf diese Seite des Hotels, direkt vor dem Opernhaus. Niemand bemerkt, was auf der Rückseite passiert!«

Die beiden Geschwister liefen wieder über die Straße zurück, am Café Mozart am Seitenflügel des Hotels und dem Albertina Kunstmuseum gegenüber entlang und dann rechts um die Ecke. Da sahen sie schon Simon, der am Hinterausgang des Hotels wartete.

»Wo bleibt ihr denn?«, fragte er ungeduldig.

»Wieso?«, fragte Joanna zurück. »Du hast doch Feierabend.«

Simon verzog das Gesicht. »Trotzdem blöd, hier so lange in Pagen-Uniform herumzustehen.«

»Okay!«, sagte Joanna. »Also beeilen wir uns. Ich mache das Foto von dort.«

Sie überquerte die kleine Seitenstraße bis zum Baugerüst und überlegte kurz, ob sie schon hinaufklettern sollte. Doch für das Foto, auf dem sie die Zimmernummern notieren wollte, genügte dieser Standort.

Sie hielt ihr Smartphone quer vor ihre Augen und prüfte den Bildausschnitt. Sie wollte gerade abdrücken, stoppte aber und rief: »Moment mal! Was ist das denn?«

»Hä? Was?«, fragte Finn. Er und Simon standen neben Joanna und beobachteten sie dabei, wie sie die Fassade des Hotels fotografieren wollte.

»Da!«, rief Joanna. Statt aber zu fotografieren, zeigte sie mit ausgestrecktem Arm auf das Gebäude.

Simon und Finn schauten hinüber und sahen – nichts.

»Was denn?«, fragte Finn.

»Weiter oben!«, rief Joanna aufgeregt. »Der Dieb!«

Jetzt erst schaltete sie. Sie riss ihr Smartphone hoch und drückte ab. Doch das war zu früh gewesen. Das Smartphone hatte das Motiv noch nicht scharf gestellt. Auf dem Display erschien nur ein verschwommener Farbmatsch.

»Scheiße!«, fluchte Joanna.

»Weg!«, rief Finn.

»Was?«

»Er ist weg!«, wiederholte Finn. »Ich hab ihn noch gesehen. Er hat sich vom Dach abgeseilt und ist dort zum Fenster rein!«

»Das gibt's doch nicht«, ärgerte sich Joanna. »Und ich hab kein Foto von ihm.«

»Abgeseilt?«, fragte Simon, der zu spät hingeschaut hatte.

»Ja!« Joanna hatte es genauso beobachtet wie ihr Bruder. »Der klettert gar nicht auf den Simsen die Fassade entlang. Der seilt sich von oben ab.«

»Wie Batman!«, kommentierte Finn.

Joanna verzog das Gesicht, stellte dann aber fest, dass der Vergleich so falsch gar nicht war. »Na ja, so ungefähr«, relativierte sie und rief dann: »Wir müssen hinterher! Welches Zimmer ist es, Simon?«

Simon ließ sich das Zimmer noch mal genau von Finn zeigen: das dritte von links.

»Ich weiß, welches das ist!«, sagte er dann. »Ich rufe sofort den Hausdetektiv an.«

Simon zog sein Smartphone hervor und rief die Nummer an. Joanna stand so dicht bei ihm, dass sie das Freizeichen hörte.

»Wieso nimmt der nicht ab?«, fragte sie nach dem dritten Tuten.

»Warte!« Simon hob die Hand.

Joanna verstummte, das Tonsignal setzte sich fort, bis es schließlich abbrach und sich stattdessen eine weibliche Automatenstimme meldete.

»Mailbox!«, stellte Simon resigniert fest. Und legte auf.

»Mailbox?«, schimpfte Joanna. »Wieso ist er nicht auf seinem Posten und nimmt ab?«

Simon wusste es auch nicht. »Möglicherweise observiert er den Dieb auch gerade und will nicht gestört werden?«

»Also, ich weiß nicht, wen er observiert«, schnaufte Joanna. »Aber ganz sicher nicht den Dieb. Vom Hotelflur aus kann man ihn nicht sehen. Nur von dieser Seite, wie wir. Aber auf dieser Seite sehe ich keinen Hausdetektiv.«

»Vielleicht ist er ja schon im Zimmer?«, mutmaßte Finn.

»Woher hätte der Detektiv wissen sollen, in welchem Zimmer er sich auf die Lauer legen musste?« Für Joanna blieb es dabei: »Der Detektiv ist eine Pfeife und hat sich verkrümelt.«

»Der hat sicher nur Feierabend«, verteidigte Simon ihn. »Der kann ja nicht vierundzwanzig Stunden durcharbeiten!«

Doch Joanna zeigte keine Einsicht. »Wie? Ihr habt nur einen Hausdetektiv?«

Simon nickte. »Ja, wieso? Er ist ja vor allem dafür zuständig, Taten zu ermitteln, und nicht, rund um die Uhr das Haus und die Zimmer zu überwachen. Dafür gibt es Kameras.«

»Ein Glück!«, atmete Joanna auf. »Das heißt, ihr habt den Dieb aufgenommen und sein Bild gespeichert.«

Doch Simon musste sie enttäuschen. »Die Kameras befinden sich nur über den beiden Eingängen. Und im Fahrstuhl ist noch eine. Aber in den Zimmern natürlich nicht, auf den Toiletten und Fluren auch nicht.«

»Und die Hausfassaden?«, fragte Joanna nach.

»Bedaure«, antwortete Simon. »Das ginge zu weit. Datenschutz, Privatsphäre der Gäste und so weiter. Das würden wir ja alles verletzen, wenn wir jedes Fenster rund um die Uhr überwachen würden. Nein, nur wer raus- und reingeht, wird gefilmt, und das auch nur nachts.«

Joanna schnaufte einmal laut auf.

»Na prima!«, zischte sie schließlich. »Dann haben wir die Privatsphäre des Diebs ja auch gut geschützt! Also, los, worauf warten wir? Wir müssen in das Zimmer!«

»WAS?«, empörte sich Simon. »Das geht nicht!«

Joanna stutzte. »Wieso nicht?«

»Wir können doch nicht einfach in das Zimmer eines Gastes einbrechen und darin herumschnüffeln. Das wäre der Bankrott des Hotels!«

»Hallo?«, erinnerte Joanna. »In dem Zimmer wird gerade eingebrochen! Der Hausdetektiv ist nicht erreichbar. Wir müssen etwas tun!«

»Vielleicht einfach warten, bis er wieder rauskommt«, schlug Finn vor.

»Und dann?«, keifte Joanna ihn an. »Zusehen, wie er verschwindet? Vielleicht noch ein paar Erinnerungsfotos von den gestohlenen Sachen machen? Sag mal, piept's bei dir da oben in der Dachstube?« Sie tippte sich an die Stirn. »Los jetzt!«, befahl sie schroff. »Ich will ihn auf frischer Tat ertappen. Wir müssen uns beeilen!«

»Du willst da rüber?«, fragte Finn entgeistert. »In das Zimmer? Bist du irre?«

»Wir erreichen doch den Detektiv nicht. Und gleich ist der Dieb weg!«, rief Joanna ihnen aus fünf Metern Entfernung zu, denn sie war schon losgelaufen. »Kommt jetzt!«

Finn wollte noch etwas erwidern. Zum Beispiel, wie gefährlich es war, auf eigene Faust den Dieb zu stellen. Dass sie nicht wussten, ob der Dieb bewaffnet war, und dass er sich bestimmt nicht freiwillig festnehmen lassen würde …

Aber Joanna lief einfach weiter.

»Echt cool, deine Schwester«, sagte Simon beeindruckt.

»Cool?« Finns Stimme überschlug sich fast. »Die ist völlig irre! Scheiße, Mann!«

Simon lachte – und rannte los.

»Halt!«, rief Finn ihm hinterher. »Wo willst du denn hin?«

Simon blieb kurz stehen und drehte sich um. »Wohin wohl? Wir können deine Schwester doch nicht alleine lassen!« Dann rannte er weiter.

»Oh Mann!«, schimpfte Finn. Und folgte ihm.

Joanna stand schon vorm Hintereingang. Der war allerdings verschlossen. Als Simon die Straße überquert hatte, rief sie ihm zu: »Los, schnell. Du hast doch einen Schlüssel, oder?«

»Klar!«, antwortete Simon, zog den Schlüssel aus seiner Tasche und öffnete die Tür. Joanna flitzte los.

»Warte!«, rief Simon. »Nicht da, hier entlang.« Er zeigte ihr den Weg.

Joanna korrigierte die Richtung und rannte erneut los.

Simon wollte hinterher. Doch hinter ihm schlug die Tür zu und Finn befand sich noch draußen.

»Warte!«, rief Simon Joanna hinterher. »Finn fehlt noch!«

»Oh Mann!«, hörte Simon sie nur noch fluchen. Sehen konnte er sie nicht mehr, weil sie um die Ecke verschwunden war. »Diese lahme Ente soll sich mal beeilen. Wo geht es denn zu den Fahrstühlen?«

»Rechts!«, rief Simon, während er Finn die Tür aufhielt.

Der kam aber mehr hereingeschlichen, als dass er sich beeilte. Denn er fand die Idee, hinauf in das Zimmer zu laufen, das soeben ausgeraubt wurde, immer noch idiotisch.

»Wo ist sie?«, fragte er, weil er seine Schwester nochmals zur Rede stellen wollte.

»Schon fast oben!«, schwindelte Simon. »Los, komm jetzt!«

Finn beeilte sich nun auch und rannte in den Fahrstuhl, in dem seine Schwester schon ungeduldig wartete. »Ich denke ...«

»Du sollst nicht denken, sondern dich beeilen!«, schnarrte Joanna ihn an. Sie drückte auf den Knopf für die obere Etage. Der Fahrstuhl setzte sich in Bewegung. Aber langsam.

»Himmel!«, stöhnte Joanna laut auf. »Der Lift ist ja noch lahmer als Finn!«

»Hey!«, beschwerte sich Finn.

»Ist eben ein altes, ehrwürdiges Haus«, entschuldigte sich Simon.

»Das soeben ausgeraubt wird«, ergänzte Joanna. Sie hielt ihr Smartphone kampfbereit in ihrer Hand.

»Was hast du eigentlich vor?«, fragte Finn.

»Was wohl?«, fragte Joanna zurück.

»Willst du ihn mit 'ner Kung-Fu-App erschlagen?«, frotzelte Finn.

»Mal sehen, ob du gleich auch noch so coole Sprüche draufhast, wenn wir dem Dieb begegnen«, konterte Joanna.

Finn wurde bleich.

»Ich will ihn fotografieren, Mann«, erklärte Joanna nun. »Was denn sonst? Das Foto geben wir der Polizei. Meinst du, ich leg mich mit einem Kriminellen an?«

»Ja, das glaube ich«, gab Finn zu. »Denn der wird sich wohl kaum einfach so fotografieren lassen. Oder meinst du, der lächelt dir noch in die Kamera?«

»Wir sind da! Raus jetzt!«, befahl Joanna und gab ihrem Bruder einen Stoß.

»Da vorn ist es«, sagte Simon und zeigte auf die dritte Zimmertür rechts.

Die drei schlichen dorthin.

»Und jetzt?« Simon war in einen Flüsterton verfallen.

Finn hielt sich zwei Meter hinter seiner Schwester, bereit, jederzeit irgendwo in Deckung zu gehen. Er fixierte die Tür zum Notausgang. Genau dorthin würde er fliehen, wenn es brenzlig wurde, nahm er sich vor.

»Du öffnest die Tür, ich mache die Fotos«, wies Joanna Simon an. »Bei drei!«

Sie stellte sich breitbeinig vor die Tür, um einen festeren Stand zu haben, hielt das Smartphone quer vor ihre Augen. Die Foto-App war eingeschaltet. Ihr rechter Zeigefinger schwebte zitternd vier Millimeter über dem Auslöser-Button. Der Blitz war angeschaltet.

»Eins«, begann Joanna zu zählen.

Simon steckte leise den Schlüssel ins Schloss.

»Zwei.«

Simon drehte den Schlüssel so langsam und geräuschlos, wie es ging.

»Drei!«

Simon riss die Tür auf.

Joanna drückte ab. Der Blitz zuckte durch den dunklen Flur. Einmal, zweimal.

Dann ein greller Schrei aus dem Zimmer.

Dicht gefolgt von einem Schrei des Entsetzens von Joanna.

Und einem Aufschrei von Simon: »Scheiße! Entschuldigung!«

Vor ihnen stand, mitten im Raum, vor dem zwei Meter hohen Spiegel neben dem Kleiderschrank – eine nackte Frau! Also fast nackt. Sie trug einen knappen Tanga, einen BH und einen Lippenstift in ihrer rechten Hand, den sie vor Schreck fallen ließ.

»UNVERSCHÄMTHEIT!«, kreischte die Frau. »RAUS HIER!«

Simon schlug die Tür zu.

Joanna und Simon starrten sich an.

»Was war das denn?«, fragte Joanna verdattert.

»Das? War das falsche Zimmer, würde ich mal sagen!«, antwortete Simon kreidebleich.

Nun wurde die Tür von innen wieder aufgerissen. Die Frau trug jetzt einen weißen Bademantel. Sie stützte die Hände in die Hüften.

»Darf man mal fragen, was das soll? Das ist ja wohl eine Un-ver-fro-ren-heit!« Jetzt erst erkannte sie, dass Simon eine Pagen-Uniform trug. »Ein Angestellter des Hauses. Sieh mal einer an. Spannt hier seinen Gästen nach. Das hat ein Nachspiel, junger Mann. Sie können sich schon mal nach einem neuen Job umschauen!«

Paff! Die Tür knallte wieder zu.

»Nein! Nein!«, jammerte Simon. »So war das doch gar nicht!« Ihm standen die Tränen in den Augen. »Scheiße!«

»Geh mal beiseite«, forderte Joanna ihn auf. »Ein bisschen weiter weg. Dort hinten hin.«

Simon gehorchte ihr, ohne nachzufragen. Für ihn hatte nun ohnehin alles seinen Sinn verloren.

»Du auch, Finn. Geh da rüber, zu Simon!«

Auch Finn gehorchte ihr.

Dann klopfte Joanna noch mal an die Tür.

Eine aufregende Nacht

»Ich weiß nicht, wie ich dir danken soll!«, sagte Simon.

Joanna hatte es mit ihrer berühmten Überzeugungskunst tatsächlich geschafft, die Frau zu beruhigen und ihr eine Geschichte aufzutischen, die sie ihr abgenommen hatte. Joanna hatte erzählt, dass sie ihren Vater zu seinem Geburtstag mit einem spontanen Besuch seiner Familie überraschen wollten. Und dass sie Simons Hilfe gebraucht hatten, um für die Überraschung die Zimmertür zu öffnen. Joanna hatte vor den Augen der Frau die Bilder gelöscht und so herzerweichend mit den Augen gerollt, bis die Frau ihr verzieh und davon absah, den Vorfall der Geschäftsleitung zu melden.

Finn musste zugeben, dass die Vorstellung seiner Schwester höchst beeindruckend war. Trotzdem verstand er nicht, wieso sich Simon so überschwänglich bei ihr bedankte.

»Ihretwegen bist du doch in den Schlamassel geraten«, stellte er klar.

»Meinetwegen?«, fragte Joanna aufgebracht. »Wer hat uns denn das falsche Fenster genannt?«

Finn fühlte sich zu Unrecht angegriffen. »Jetzt bin ich schuld, oder wie? Ich hab doch gesagt, das vierte Fenster.«

»Das dritte!«, fuhr Joanna ihn an. »Das *dritte* Fenster hast du gesagt, du Volldepp!«

»Hab ich nicht!«, schwor Finn.

»Doch, hast du«, bestätigte Simon.

»Pah! Ich meinte aber doch das vierte!«

»Dieser Typ macht mich wahnsinnig!« Joanna schlug sich die Hand vor die Stirn. »Also das vierte, ja? Dieses Mal ganz sicher?«

»Ja, klar!«, antwortete Finn. Aber sehr überzeugend klang das nicht! »Du willst das doch jetzt nicht etwa eine Tür weiter wiederholen?«

»Nein!«, sagte Joanna.

Finn fiel ein Stein vom Herzen.

»Wir werden jetzt sehr viel vorsichtiger vorgehen«, erklärte sie ihren neuen Plan. »Simon, du schließt leise die Tür auf und öffnest sie einen Spalt, sodass wir erst mal unbemerkt hineinlinsen können.«

»Unbemerkt hineinlinsen?«, wiederholte Finn. »Wie soll das denn gehen?«

»Das wirst du schon sehen. Los!« Joanna winkte Simon mit sich zur nächsten Tür.

Der steckte so leise wie möglich den Schlüssel ins Schloss, drehte ihn und öffnete in Zeitlupentempo die Tür einen Minispalt.

»Das reicht nicht!«, flüsterte Joanna.

Simon öffnete die Tür noch ein wenig mehr. Niemand konnte durch so einen schmalen Spalt den Kopf hindurchstecken, um ins Zimmer zu sehen.

Doch das brauchte Joanna auch nicht. Sie schob die Hand mit dem Smartphone hindurch und konnte nun mithilfe der Kamera-Funktion auf dem Display das Zimmer absuchen.

Schließlich kam Joanna zu der Erkenntnis: »Niemand da.«

Finn atmete erleichtert auf.

Aber Joanna hatte das durchaus nicht als Erfolgsmeldung gedacht. »Wir sind zu spät!«, meckerte sie. »War ja klar. So dämlich, wie wir uns benommen haben.«

Sie öffnete die Tür ganz und lief zum Fenster. Es war genauso angelehnt wie das in ihrem Zimmer, nachdem eingebrochen worden war. Joanna riss das Fenster ganz auf, beugte sich mit dem Oberkörper hinaus, sah hinunter auf die Straße und dann hoch aufs Dach!

»Da!«, rief sie und zeigte nach oben. »Er ist noch da!«

Simon und Finn stürzten zum Fenster, lehnten sich zu beiden Seiten von Joanna heraus und schauten hoch – nichts!

»Wo denn?«, fragte Finn.

»Ich hab gerade noch gesehen, wie er aufs Dach geklettert ist«, rief Joanna aufgeregt. »Los, wir müssen da hin!«

»Das geht nicht«, sagte Simon. »Die Dachluke ist verschlossen. Wir Pagen haben keinen Schlüssel. Der liegt unten an der Rezeption und wird im Zweifel nur an Handwerker herausgegeben.«

»Aber … der Dieb ist doch auch dort oben«, entgegnete Joanna. »Wie ist er dorthin gekommen?«

Simon zuckte mit der Schulter. »Entweder von außen über die Fassade …«

»Oder?«

»Vom Dach des Nachbarhauses vielleicht«, mutmaßte er weiter.

»Lasst uns nachschauen, ob die Dachluke wirklich verschlossen ist«, bat Joanna.

»Sollten wir uns nicht erst hier drinnen umsehen?«, schlug Simon vor. »Ich weiß nicht auswendig, wer hier wohnt und ob die Gäste auch beim Opernball sind. Vielleicht sind die ganz woanders und kommen jeden Moment wieder.«

»Okay«, stimmte Joanna zu.

Sie ging zum Safe und rüttelte an der Tür. »Geschlossen. Der Dieb macht sich tatsächlich die Mühe, die Safes zu öffnen und sie hinterher wieder zu verschließen. Irre. Auf jeden Fall ein Vollprofi.«

»Nicht ganz dumm«, fand Simon. »So merken viele den Diebstahl erst später.«

»Wenn sie ihn überhaupt bemerken«, ergänzte Joanna. »Manche denken vielleicht, sie wären schusselig und dass sie ihre Wertsachen gar nicht im Safe eingeschlossen haben. Mama und Papa haben doch auch erst daran gezweifelt.«

»Du meinst, es gab schon mehr als fünf Diebstähle, aber die anderen haben es noch gar nicht bemerkt?«, fragte Simon.

»Möglich wäre es«, antwortete Joanna.

Sie schaute sich weiter um. »Vielleicht finden wir Spuren.«

»Was denn für Spuren?«, fragte Finn.

»Ich weiß es noch nicht«, sagte Joanna. »Sucht einfach. Wenn es etwas Ungewöhnliches gibt, wird es uns schon auffallen. Simon, kannst du mal checken, wer hier wohnt?«

»Mache ich!«, sagte Simon und verließ das Zimmer, um an der Rezeption nachzusehen.

Joanna machte sich eifrig auf die Suche. Während Finn ratlos mitten im Raum stand und nicht so recht wusste, wonach er suchen sollte. So betrachtete er staunend die Suite, die der Gast bewohnte. Das war kein Hotelzimmer, das war eine Wohnung. Finn erinnerte sich, wie Joanna ihm zu Hause von der Website vorgelesen hatte: Eine Suite hatte eine Größe von bis zu fünfundsechzig Quadratmetern. Also wie eine mittelgroße Wohnung. Entsprechend gab es auch hier mehrere Zimmer.

Joanna durchsuchte gerade das Schlafzimmer, während Finn im Wohnzimmer stand, in dem es eine großzügig gestaltete Sitzgruppe gab, mit großem Sofa, zwei Sesseln und einem runden Couchtisch. Alles sah sehr edel aus, ebenso wie der dicke Teppich, mit dem die Sitzecke ausgelegt war. Direkt unter dem riesengroßen Flatscreen flackerte das virtuelle Feuer eines künstlichen Kamins.

Finn merkte, dass er mal auf die Toilette musste, und ging ins Bad. Als er es betrat, wäre er beinahe rückwärts wieder aus dem Badezimmer herausgefallen. »Wow!«

Ob das echter Marmor war auf dem Boden und in der Wandverkleidung? Eine große Badewanne unter einem Fenster lud zum Baden ein. An der Stirnseite waren zwei ebenfalls in Marmor gefasste Waschbecken. Die andere Längsseite bestand aus einer riesigen Dusche mit zwei Glastüren.

»Was tust du hier?«, fragte Joanna, die plötzlich hinter ihm stand.

»Ich muss mal«, antwortete Finn.

»Echt?«, fragte Joanna. »Muss das sein?«

»Ja, natürlich«, antwortete Finn. »Meinst du, ich kann das beliebig an- und ausstellen? Wenn ich muss, muss ich.«

Joanna riss plötzlich ihre Augen auf. »Gute Idee!«

»Was?«, fragte Finn verwirrt. »Was war eine gute Idee?«

»Komm mit!«, forderte ihn seine Schwester auf.

»Aber ich muss mal«, beharrte Finn.

»Nicht da«, widersprach Joanna. »Sondern hier!« Sie stand im Schlafzimmer und zeigte auf eine Tür. »Hier ist die eigentliche Toilette. Dort ist das Badezimmer.«

»Aber hier im Bad gibt es auch ein Klo.«

Doch Joanna winkte ihn zu sich.

»Weißt du«, erklärte sie. »Viele Einbrecher sind während ihrer Taten so aufgeregt, dass sie oft dringend müssen. Hab ich mal gelesen. Es soll gar nicht so selten vorkommen, dass in den

Wohnungen, in die eingebrochen wurde, plötzlich irgendwo ein Kackhaufen liegt oder etwas vollgepinkelt wurde.«

»Iiih!«, quiekte Finn. »Wieso gehen die dann nicht aufs Klo?«

Joanna zuckte mit den Schultern. »Keine Ahnung. Vielleicht haben die Diebe keine Zeit oder keine Lust, es erst zu suchen. Oder was weiß ich. Aber vermutlich benutzt die Mehrheit der Einbrecher sogar das Klo. Deshalb will ich hier nachsehen. Im Bad war nichts.«

»Nee«, bestätigte Finn. »Das war blitzsauber. Wenn da nicht ein Rasierpinsel und eine Zahnbürste gelegen hätten, würde man denken, das ist gar nicht bewohnt.«

»Genau wie hier.« Joanna kam aus der Toilette wieder heraus.

»Kann ich jetzt endlich?«, fragte Finn.

Joanna gab den Weg frei.

Während Finn endlich zur Toilette ging, richtete Joanna ihren Blick auf den dunklen Teppich, auf dem das breite Kingsize-Bett stand. Sie ging in die Hocke, dann auf die Knie und beugte sich so weit hinunter, dass ihre Nase beinahe den Teppich berührte.

Als Finn von der Toilette zurückkehrte, hielt Joanna ihm mit spitzen Fingern etwas entgegen, das Finn nicht erkennen konnte.

»Ein Haar!«, erklärte Joanna. »Ein langes blondes Haar.«

Finn zog die Schultern hoch. »Na und? Dann wurde das Zimmer halt nicht perfekt sauber gemacht. Kommt doch vor.«

Joanna eilte mit schnellen Schritten zurück in das große Badezimmer. »Hier liegt der Rasierpinsel«, rief sie. »Aber auch ein Fläschchen Aftershave.«

»Aha«, sagte Finn. »Und?«

»Hier wohnt ein Mann«, kombinierte Joanna, als sie aus dem Bad herauskam. Im selben Moment kam Simon zurück.

»Du hast recht, Joanna. Klaus Meyer, ein älterer grauhaariger Mann, Unternehmensberater«, berichtete er.

Joanna hielt triumphierend das lange blonde Haar in die Höhe.

Aber Finn beeindruckte das wenig. »Ja, schön. Dann hatte er Frauenbesuch. Ist doch möglich. Das müsstest du doch am besten wissen, Joanna.«

Seine Schwester lief erst rot an. Dann warf sie ihrem geschwätzigen Bruder einen bösen Blick zu.

Simon sah verlegen und amüsiert zur Seite.

»Hör nicht auf ihn!«, sagte Joanna schnell.

»Auf jeden Fall war hier eine fremde Person im Raum«, sagte sie, um von der peinlichen Situation abzulenken.

»Ja«, sagte Finn. »Vielleicht die Reinigungsfrau.«

Er bückte sich, hob einen kleinen Zettel vom Boden auf, den sie bisher übersehen oder nicht beachtet hatte, und las, was draufstand. »Das ist ein Kontrollzettel einer Reinigung. Aber nicht für einen Anzug oder so, sondern für – Bettwäsche!«

»Du hast also recht«, stimmte Joanna ihrem Bruder zu. »Beides – das Haar und der Zettel – könnten von der Putzfrau stammen. Aber ist sie deshalb auch der Dieb?«

Simon lachte auf. »Also, von den Frauen, die ich kenne, ist niemand in der Lage, über Dächer und Fassaden zu klettern!«

Doch das war für Joanna kein Argument. »Und wenn du dich täuschst?«

Simon ging zum Schreibtisch im Wohnzimmer und fischte ein aufrecht stehendes Kärtchen von einem Tablett. Er las vor: »Dieses Zimmer wurde gereinigt von …«

Dieser Satz war vorgedruckt. Danach war handschriftlich ein Name eingetragen worden. »Nuria«, las Simon weiter vor und fügte grinsend an: »Nuria kommt aus Pakistan und ist so was von schwarzhaarig. Da ist Schneewittchen nix dagegen.«

Joanna horchte auf. »Also doch nicht die Putzfrau. Aber der Waschzettel. Kommt der vielleicht vom Dieb?«

»Keine Ahnung!«, rief Finn. »Aber ist doch auch egal. Wir übergeben beide Indizien der Polizei. Die kann damit sicher mehr anfangen als wir ...«

Weiter kam er nicht.

»Bist du irre?«, unterbrach ihn seine Schwester. »Und was sagst du, wenn die Polizei dich fragt, wo du beides gefunden hast?«

Joanna wartete die Antwort ihres Bruders nicht ab, sondern gab sie gleich selbst.

»Dann antwortest du: beim illegalen Herumschnüffeln in der Suite eines Gastes. Und Simon, der Page, war auch dabei. Damit der gleich seinen Job verliert, oder wie?«

»Ich ...«, stammelte Finn.

»Ich weiß«, unterbrach Joanna ihn erneut. »Daran hast du nicht gedacht. Mann, Finn!«

Finn klappte seinen Mund wieder zu. Er wusste, seine Schwester hatte recht. An die Polizei durften sie sich nicht wenden.

»Wir können die beiden Beweismittel aber hier liegen lassen«, schlug Joanna vor. »Herr ... wie heißt der noch mal ...?«

»Klaus Meyer!«, sagte Simon.

»Herr Meyer wird ja die Polizei rufen und die können die Spuren dann finden«, beendete Joanna ihren Satz.

»Gute Idee«, lobte Finn.

Joanna zog ihr Smartphone hervor, um beide Fundsachen zu fotografieren. »So, und jetzt nichts wie raus hier!«, sagte sie.

Doch es war zu spät. Sie hörten, wie jemand zur Tür kam.

»Weg hier!«, zischte Simon den anderen zu.

Finn sah sich hektisch nach einem Versteck um.

Schon öffnete sich die Tür.

Ein Mann – vermutlich Herr Meyer – betrat die Suite.

Finn hielt den Atem an. Schnell duckte er sich hinter dem großen Sofa weg. Er hatte keine Ahnung, wohin sich Joanna und

Simon verkrochen hatten. Gesehen hatte er das nicht, dafür war alles viel zu schnell gegangen.

Wenn Herr Meyer jetzt zum Fenster im Wohnzimmer ging, dann wäre Finn aufgeflogen. Aber zunächst ging Herr Meyer auf die Toilette. Dorthin, wo Finn eben selbst noch gewesen war. Finn überlegte, ob er dort irgendeine auffällige Unordnung hinterlassen hatte, doch ihm fiel nichts ein. Sogar das Handtuch, mit dem er sich die Hände abgetrocknet hatte, hatte er wieder ordnungsgemäß über den Handtuchhalter gelegt.

Überhaupt, fiel Finn jetzt ein, während er zusammengekauert hinter dem Sofa hockte: Es gab in der gesamten Suite nicht die kleinste Unordnung. Seine komplette Wäsche hatte Herr Meyer wohl im Schrank untergebracht. Nichts lag im Zimmer herum. Keine Unterhose, keine Socke, erst recht kein Hemd oder eine Jacke. Einfach nichts. Nicht mal eine Zeitung oder ein benutztes Wasserglas.

Vermutlich war Herr Meyer den ganzen Tag nicht in seiner Suite gewesen. Selbst auf dem Bett war nicht die kleinste Delle zu sehen. Also hatte er, nachdem er am Morgen aufgestanden war, nicht mehr darauf gelegen. Auch war kein Laptop auf dem Schreibtisch oder ein Krümelchen, das auch nur entfernt darauf hingedeutet hätte, dass diese Suite bewohnt war. Und ausgerechnet jetzt musste Herr Meyer zurückkehren. Was war, wenn der sich bettfertig machte und die ganze Nacht blieb?

Ging ein Unternehmensberater so früh schlafen? Finn vermutete, dass er geschäftlich hier war. Für den Opernball wäre er nämlich viel zu spät dran gewesen. Vielleicht musste er früh aufstehen, aber deshalb sooo zeitig ins Bett zu gehen? ›Bloß nicht!‹, dachte Finn. Was würden seine Eltern sagen, wenn die zurückkehrten und ihn und Joanna nicht im Zimmer vorfanden?

Sie würden anrufen. Finn fasste unwillkürlich an seine Hosentasche, in der sein Smartphone steckte. Wenn jetzt jemand anrief!

Um es aus der Tasche herausziehen zu können, müsste er aufstehen, oder zumindest sein Bein lang strecken.

Plötzlich ging der Fernseher an.

Oh nein!, fluchte Finn hinter dem Sofa. Was, wenn Herr Meyer es sich jetzt gemütlich machte und bis spät in die Nacht fernsah? Nie und nimmer konnte Finn in dieser Stellung bewegungslos ausharren. Zum Glück war der Teppich, auf dem er kniete, sehr weich.

Der übrige Raum war mit feinen Fliesen ausgelegt. Und auf denen hörte man – zwar nur leise, aber immerhin – die Schritte des Herrn Meyer, denn er hatte seine Straßenschuhe anbehalten. Er hatte einen US-amerikanischen Nachrichtenkanal eingeschaltet, in dem alles in Englisch erzählt wurde. Gleichzeitig begann er, mit seinem Handy zu telefonieren. Leider auch in Englisch, sodass Finn nicht verstand, worum es ging.

Plötzlich flog ein weißes Hemd über die Lehne des Sofas. So weit, dass es beinahe auf Finns Seite gerutscht wäre. Bestimmt hätte Herr Meyer, ordentlich wie er war, es dann aufheben wollen und dabei unweigerlich Finn entdeckt. So aber landete nur ein Ärmel auf Finns Kopf, das Hemd blieb oben auf der Lehne liegen. Herr Meyer ging nun ins Badezimmer. Finn drückte die Daumen, dass sich Joanna oder Simon nicht dort versteckt hatten.

Finn horchte, aber es war kein Aufschrei oder Ähnliches zu hören. Dort also steckten die beiden offenbar nicht. Stattdessen hörte Finn, wie sich Herr Meyer erst die Zähne putzte und dann pfeifend rasierte.

›Ein gutes Zeichen‹, dachte Finn. Sein Vater jedenfalls rasierte sich nicht vor dem Schlafengehen, sondern abends nur dann, wenn er noch ausgehen wollte. Finn hoffte, dass es bei Herrn Meyer ähnlich war. Er würde also hoffentlich bald aus dem Zimmer verschwinden.

Plötzlich tippte eine Hand auf seine Schulter.

Finn fuhr erschrocken zusammen und wollte gerade laut aufschreien, doch die Hand hielt ihm blitzartig den Mund zu.

»Leise, du Spinner!« Es war Joanna, die plötzlich hinter ihm stand. »Raus hier! Schnell!«

Finn erhob sich. Simon stand bereits an der Tür, Joanna schlich auf Zehenspitzen zu ihm und Finn folgte, indem er es seiner Schwester nachmachte.

In dem Augenblick klingelte Herrn Meyers Handy, das noch auf dem Couchtisch lag.

»Schnell!«, zischte Simon. Fast geräuschlos riss er die Tür auf und schlüpfte hinaus. Joanna und Finn sprangen ihm hinterher. Aber Simon bekam die Tür nicht schnell genug wieder zu. Schon stand Herr Meyer auf dem Weg zu seinem klingelnden Handy vor ihm.

Simon erstarrte.

Herr Meyer nahm trotzdem den Anruf an, sagte etwas auf Englisch, hielt sich dann das Handy gegen die nackte Brust, sah Simon streng an und fragte: »Was machen Sie denn hier?«

Simon trug ja zum Glück wieder seine Pagen-Uniform und reagierte schlagfertig: »Oh, Verzeihung, Herr Meyer. Hatten Sie nicht nach mir geläutet?«

»Keineswegs!«, antwortete Herr Meyer schroff.

»Dann bitte ich vielmals um Verzeihung, der Herr. Es muss sich um einen Fehler in der Zentrale handeln. Ich wünsche Ihnen noch einen schönen Abend.«

Simon wollte schnell die Tür wieder schließen, da rief ihn Herr Meyer zurück: »Halt!«

Finn und Joanna hatten sich auf dem Flur neben der Tür rücklings an die Wand gepresst. Vor Anspannung hielten sie den Atem an, und Finn sah, wie sehr Simon zusammenzuckte, als Herr Meyer ihm nachrief.

›Jetzt ist es aus!‹, dachte er.

Doch da flog Simon ein weißes Herrenhemd entgegen.

»Wenn Sie schon mal da sind, bringen Sie das doch bitte über Nacht zum Reinigen. Morgen um elf checke ich aus. Bis dahin muss es wieder hier sein: gewaschen und gebügelt.«

»Selbstverständlich!«, sagte Simon, machte einen tiefen Diener und wiederholte: »Gewaschen und geplättet, selbstverständlich, der Herr!«

Simon schloss die Tür und atmete tief durch. »Scheiße, das war knapp.«

Der mysteriöse Gast

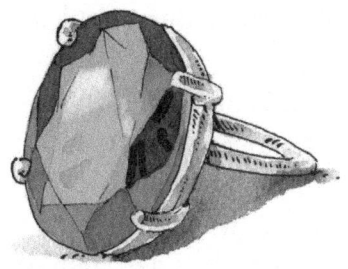

Herr Meyer hatte tatsächlich nicht bemerkt, dass die drei sein Zimmer durchsucht hatten.

»Hoffentlich sieht er bald, dass der Dieb bei ihm war«, sagte Joanna. »Bevor er oder die Putzfrau die Beweismittel entfernt, die wir so schön sichtbar hingelegt haben.«

»Bestimmt«, sagte Simon. »Am besten, ich gehe gleich mal hinunter zur Rezeption, damit ich mitbekomme, wenn er den Diebstahl meldet. Dann erfahre ich auch, was ihm gestohlen wurde.«

»Gute Idee«, pflichtete Joanna ihm bei. »Andererseits …«

»Was?«, fragte Finn. Auch er fand Simons Idee gut. Vor allem, weil sie bedeutete, dass sie jetzt Feierabend machten. Gleich würde wieder die Polizei auftauchen und die konnte sich dann um den Fall kümmern. Da brauchten sie sich nicht weiter einzumischen.

»Meint ihr wirklich, wir sollten unseren Beobachtungsposten aufgeben?«, fragte Joanna. »Es ist gerade mal neun Uhr abends. Ich glaube nicht, dass der Dieb sich schon zur Ruhe begibt. Ich meine, der hat nur noch diesen Abend des Opernballs. Da muss der doch mindestens bis zum Ende der Veranstaltung weiter auf

Beutezug gehen. Findet ihr nicht? Ich meine, jetzt aufzuhören, das wäre ja wie ein Taxifahrer, der an Silvester frei macht, an seinem besten Geschäftstag!«

»Ich kenne viele Taxifahrer, die Silvester frei machen«, sagte Finn schnell.

Doch Joanna stellte sofort klar: »Du kennst überhaupt keinen Taxifahrer, Finn!«

Finn verstummte und zog eine Schnute.

»Du hast recht«, stimmte Simon Joanna zu.

›War ja klar!‹, dachte Finn.

»Und wenn die Polizei wieder hierherkommt wegen des Einbruchs bei Herrn Meyer, wird der Dieb wohl wirklich wegbleiben. Bis dahin aber kann er die Gelegenheit nutzen, noch ein- bis zweimal zuzuschlagen.«

Finn wurde hellhörig. »Moment mal. Du meinst, der Dieb liegt auf der Lauer und beobachtet, was im Hotel geschieht? Also, ob und wann die Polizei kommt und so?«

»Er wäre wohl schön blöd, wenn er das nicht täte«, antwortete Joanna.

Finn schnappte nach Luft. »Das heißt dann aber doch, dass er auch *uns* gesehen hat! Wie wir ihm nachstellen, das Zimmer durchsucht haben und so weiter. Wir sind im Visier des Diebs! Und ihr wollt weitermachen? Seid ihr lebensmüde?«

»Nun mal langsam«, versuchte Joanna, ihren Bruder zu beruhigen. Obwohl sie ihm insgeheim zustimmte. Genau das würde der Dieb sicher tun. Und damit waren sie längst in seinem Fadenkreuz. Finn gegenüber aber spielte sie ihre Sorge um die Bedrohung herunter.

»Oben vom Dach aus kann der uns gar nicht beobachten«, sagte sie. »Ich glaube nicht, dass er uns gesehen hat und weiß, wer wir sind.«

»Ach nein? Und wenn doch?«, fragte Finn aufgebracht. »Ich finde, wir sollten schön in unser Zimmer gehen und die Sache der Polizei überlassen.«

»Dazu muss Herr Meyer die Sache erst mal bei uns melden«, fing Simon wieder an. »Deshalb sollten wir hier schnell vom Flur verschwinden, sonst sieht Herr Meyer uns noch, wenn er gleich rauskommen sollte.«

»Okay.« Finn setzte sich in Bewegung, um zum Aufzug zu gehen.

»Wo willst du hin?«, fragte ihn seine Schwester.

»Na, ins Zimmer«, antwortete Finn. »Wir haben hier doch nichts mehr zu tun!«

Joanna schüttelte den Kopf. »Hast du nicht zugehört?«

Sie ging zur Tür, die zum Treppenhaus führte. »Der Dieb wird noch aktiv sein. Das heißt, wir gehen aufs Dach. Vielleicht erwischen wir ihn da.«

Joanna verschwand im Treppenhaus, Simon folgte.

Finn stand wieder mal mit offenem Mund da. Die Annahme, dass der Dieb sich noch auf dem Dach befinden konnte, war für ihn gerade ein Grund, NICHT dorthin zu gehen. Außerdem: »Ich denke, die Luke ist verschlossen und nur der Hausmeister kommt an den Schlüssel?«

Als Finn ihnen das hinterherrief, glaubte er schon, dass sie ihn – wie meistens – gar nicht mehr gehört hatten. Doch plötzlich steckte Joanna wieder ihren Kopf in den Flur. »Aber wir haben immer noch nicht nachgesehen, ob die Dachluke wirklich verschlossen ist. Also, was ist? Kommst du?«

Finn stöhnte und trabte seiner Schwester hinterher.

Sie hatten Glück. Oder Pech. Je nachdem, aus welcher Perspektive man es betrachtete. Die Dachluke war verschlossen, wie Simon es gesagt hatte. Finn atmete erleichtert auf. Joanna fluchte.

»Na gut«, entschied sie dann. »Dann sollten wir jetzt vielleicht wirklich die Meldung des Herrn Meyer abwarten. Und schauen, ob sich heute Nacht noch weitere melden, bei denen eingebrochen wurde. Aber wir kommen mit runter. Okay, Simon?«

»Okay«, sagte Simon.

Sie gingen über die Treppe eine Etage tiefer. Erst dort gab es einen Fahrstuhl, mit dem sie wieder hinunterfahren konnten.

In der ersten Etage hielt der Aufzug. Die Tür ging auf. Und Herr Meyer stieg zu.

»Guten Abend«, sagte Joanna, so wie sie auch jeden anderen Gast begrüßt hätte.

Herr Meyer erwiderte den Gruß nur durch ein kurzes Grunzen. Dann sah er sein Hemd in Simons Hand.

»Wenn Sie mit meinem Hemd spazieren fahren, wird es wohl kaum bis morgen früh fertig«, blaffte er Simon an.

»Ich bin auf dem direkten Weg, es in der Wäscherei abzugeben, der Herr«, antwortete Simon untertänig.

Joanna schaute zur Seite, Finn auf seine Füße. Herr Meyer sollte nicht merken, dass sie zu Simon gehörten.

Der Fahrstuhl erreichte das Erdgeschoss.

Simon trat als Erster heraus und breitete die Arme aus wie ein Verkehrspolizist, um Herrn Meyer den Weg hinaus zu zeigen. Dann erst kamen Joanna und Finn aus dem Aufzug. Finn wollte etwas zu Simon sagen, doch Joanna trat ihm gegen das Schienbein und machte »Pst!«.

Simon ging durch den schmalen, reich bebilderten Gang und den Foyer-Raum zur Rezeption. Er ging betont langsam, um Herrn Meyer vor sich nicht zu überholen. Der ging nämlich ebenfalls auf die Rezeption zu.

Finn und Joanna blieben im Foyer-Raum stehen.

»Wir warten hier«, flüsterte Joanna ihrem Bruder zu.

»Hier?«, fragte Finn. »Was sollen wir denn hier machen?«

Er schaute sich um. Einige Sessel waren besetzt mit älteren Herrschaften, die offenbar, nachdem sie irgendwo gut gegessen hatten, noch einen letzten Drink zu sich nahmen. Insgesamt aber war das Foyer nur dünn besucht. Die meisten Gäste verweilten sicher auf dem Opernball.

»Schau dir die Bilder der Promis an«, schlug Joanna vor.

Doch das war überhaupt nichts für Finn. Zumal es sich in der Mehrzahl um uralte Schwarz-Weiß-Fotos von berühmten Persönlichkeiten handelte, die ebenso alt oder gar schon verstorben waren. Finn kannte jedenfalls keine von ihnen.

Aber da kam Simon schon wieder zurück. Er sah sich kurz nach allen Seiten um, bevor er auf die beiden Kinder zuging.

»Und?«, fragte Joanna. »Was hat er gemeldet?«

»Nichts!«, antwortete Simon.

»Nichts?« Joanna konnte es nicht glauben. »Der hat den Diebstahl noch nicht bemerkt?«

»Doch, ich glaube schon«, widersprach Simon. »Denn er hat seinen Aufenthalt um drei Tage verlängert.«

»Aber wollte er nicht …?«, fragte Joanna.

»Morgen früh um elf auschecken«, bestätigte Simon. »Deshalb hat er ja solchen Druck gemacht mit seinem Hemd. Aber nun will er drei Tage länger bleiben.«

»Merkwürdig«, fand Joanna.

Simon stimmte ihr zu. »Die Sache mit dem Hemd zeigt uns, dass er sich eben erst entschlossen hat zu verlängern. Entweder hat er einen Anruf bekommen, der ihn dazu bewogen hat …«

»Oder er hat den Diebstahl bemerkt und deshalb seine Buchung verlängert«, kombinierte Joanna.

Simon nickte. »Gleichzeitig aber hat er den Diebstahl nicht gemeldet!«

Finn kratzte sich am Kopf. »Und was bedeutet das?«

»Wenn ihr mich fragt«, antwortete Simon, »dann hat Herr Meyer beschlossen, sich das, was ihm gestohlen wurde, auf eigene Faust zurückzuholen!«

Joanna schaute Simon mit großen Augen an.

Finn fasste die Sache direkter auf. »Du meinst, Herr Meyer ist Geheimagent oder so etwas? Und der macht den Dieb zur Schnecke?«

Nun schaute Joanna ihren Bruder an. Aber eher mit Fassungslosigkeit. »Das glaubst du doch nicht im Ernst?«

»Wieso?«, verteidigte sich Finn. »Das war doch seine Idee!« Er zeigte auf Simon.

»Nein!«, wehrte Simon ab. »So hab ich das nicht gemeint. Sondern: Von dem, was ihm gestohlen wurde, soll die Polizei nichts erfahren. Deshalb muss er sich selbst drum kümmern.«

»Hä?«, sagte Finn. »Hab ich doch gesagt: Geheimpapiere! Geheimagent!«

Joanna kräuselte die Stirn. »Geheimagent ist natürlich Quatsch. Aber mit geheimen Dokumenten liegst du vielleicht nicht falsch.«

»Also, was denn nun?«, beschwerte sich Finn. »Wenn Herr Meyer geheime Dokumente besaß, was soll er denn sonst sein außer Geheimagent?«

»Also ehrlich gesagt dachte ich da eher an Bargeld«, stellte Simon klar. »Bargeld kann man erstens gegenüber der Polizei oder einer Versicherung schlecht nachweisen. Das heißt, das bekommst du eigentlich nie wieder, weil du nicht beweisen kannst, dass du so viel Geld bei dir gehabt hattest. Und außerdem: Was, wenn es Schwarzgeld war? Also illegales Geld?«

»Du meinst, Geld aus einem Bankraub?«, fragte Finn aufgeregt.

»Na, zumindest aus illegalen Geschäften«, brachte Joanna es wieder auf eine etwas weniger spektakuläre Ebene.

»Wie auch immer«, sagte Finn. »Ihr meint also, Herr Meyer selbst ist ein Krimineller?«

»Pssst!«, machte Simon und sah sich um. Die letzte Frage hatte Finn sehr laut gestellt. Wenn auch nur irgendwie bekannt würde, dass er als Angestellter des Hotels einzelne Gäste verdächtigte, kriminell zu sein, würde er sofort seinen Job verlieren.

»Vielleicht sollten wir den Herrn Meyer mal etwas genauer unter die Lupe nehmen«, meinte Joanna. »Was meint ihr?«

»Halt! Halt!«, wandte Finn ein. »Hab ich das jetzt richtig verstanden? Da Herr Meyer ja wohl kaum selbst bei sich eingebrochen hat, haben wir es jetzt mit zwei unterschiedlichen Gangstern zu tun?«

Finn hoffte innig, dass er etwas falsch verstanden hatte.

Doch seine Schwester nickte ihm grinsend zu. »Genau!«

»Aber ...«

Finn wusste nicht, was er noch sagen sollte.

»Schade, dass Herr Meyer jetzt schon fort ist«, fügte Joanna noch an. »Sonst hätten wir ihn verfolgen können.«

Finn tippte sich an die Stirn. »Ja, klar. Und Mama und Papa sind sicher begeistert, wenn sie zurückkommen und wir nicht da sind, weil wir mitten in der Nacht in einer fremden Großstadt einem Gangster nachjagen. Sag mal, manchmal piept's bei dir echt im Oberstübchen, oder?«

»Reg dich ab«, konterte Joanna gelassen. »Er ist ja weg und wir verfolgen ihn nicht.«

»Und was machen wir jetzt?«, fragte Simon.

»Wir warten ab, wie viele Gäste heute Abend noch einen Diebstahl melden. Und du versuchst herauszubekommen, was eigentlich genau bisher gestohlen wurde, okay? Und morgen früh fangen wir Herrn Meyer beim Frühstück ab und finden heraus, wo er hinfährt. Ist er mit dem eigenen Auto hier?«

Simon schüttelte den Kopf. »Nein. Wir haben einen exklusiven Limousinen-Service. Einer unserer Fahrer hat ihn vom Flughafen abgeholt.«

»Super!«, freute sich Joanna. »Sicher wird er morgen früh ein Taxi bestellen. Wäre gut, wenn du herausbekommst, wohin er sich fahren lässt, Simon. Dann können wir ihn verfolgen.«

Finn rollte mit den Augen und schüttelte den Kopf. »Und was willst du unseren Eltern sagen?«

Joanna schenkte ihrem Bruder ein überlegenes Lächeln. »Also, das ist ja wohl einfach. Wir sagen, ein netter Page zeigt uns das Luxushotel, von der Küche bis zum Heizungskeller! Das ist doch ein interessanter Tagesausflug. Und unsere Eltern haben ein paar Stunden Ruhe. Das werden sie genießen.«

Finn resignierte. Seine Schwester wusste einfach immer, wie sie ihren Willen durchsetzen konnte. Darin war sie unschlagbar.

Jagd durch Wien

Joannas Plan ging auf. Ihre Eltern kamen wie erwartet erst sehr spät nach Hause. Dementsprechend waren sie morgens um sieben Uhr, als Joanna an ihr Bett trat, kaum ansprechbar. Joanna wusste dies zu nutzen.

»Mama?«, fragte Joanna.

»Hmmm?«, brummte Mama.

Papa schnarchte noch leise vor sich hin.

»Finn und ich wollen uns das Hotel ansehen. Dieser Page zeigt uns alles, die Küche und so. Das ist doch super, oder?«

»Hmmm!«, brummte Mama.

»Dürfen wir, Mama?«

»Hmmm!«

»Danke! Tschüss!«, sagte Joanna.

Ihre Mutter hob nun doch den Kopf und öffnete blinzelnd die Augen. »Moment! Was? Jetzt?«

»Ja, natürlich jetzt. Es ist helllichter Tag!« Joanna zog die Gardinen etwas auf, sodass die Sonnenstrahlen in das Bett ihrer Eltern fielen.

»Oh nein, bitte!«, jammerte ihre Mutter.

»Also, wir gehen jetzt, ja?«, hakte Joanna nach und zog die Gardinen wieder zu.

Ihre Mutter hatte den kurzen Moment der Helligkeit genutzt, um auf die Uhr zu schauen. »Es ist gerade mal sieben!«

»Genau. Dienstbeginn des Pagen«, behauptete Joanna. »Also tschüss!«

»Lauft nicht zu weit weg!«, sagte ihre Mutter.

»Wir sehen uns das Hotel an, Mama!«, wiederholte Joanna.

»Seid zu Mittag wieder da!«, gab diese ihr mit auf den Weg.

»Klar!«, sagte Joanna.

Sie gab Finn das Zeichen »Daumen hoch« und schon waren beide draußen.

Simon war noch nirgends zu sehen. Aber das machte nichts. Finn und Joanna wollten ohnehin erst frühstücken. Joanna vermutete, dass Herr Meyer nicht vor acht Uhr beim Frühstück auftauchen würde. Schließlich war auch er spätabends noch ausgegangen.

So ließen Joanna und Finn es sich gut gehen, füllten ihre Teller mit allen möglichen Leckereien, tranken heiße Schokolade, ließen sich Pfannkuchen backen und ließen alles weg, was auch nur entfernt nach gesundem Essen aussah.

Und dann war es so weit. Um kurz vor acht betrat Herr Meyer das Frühstücksrestaurant.

Joanna zwinkerte ihrem Bruder zu.

Doch dann wurde sie überrascht. Denn Herr Meyer hatte es entweder eilig oder er war einfach nicht der Frühstückstyp. Jedenfalls aß er nichts. Er ließ sich lediglich »einen Verlängerten«, also eine Tasse schwarzen Kaffee, einschenken, trank ihn so zügig, wie man einen heißen Kaffee nur trinken konnte, und ging zur Rezeption.

»Verdammt!«, fluchte Joanna leise vor sich hin. »Wo steckt Simon?«

Finn wusste es nicht. Er war auch mehr damit beschäftigt, seinen letzten Palatschinken, wie der Pfannkuchen in Österreich hieß, in sich hineinzustopfen. Mit Puderzucker und Marillenmarmelade.

»Köschtlich!«, sagte er mit vollem Mund, wobei er eine Salve Puderzucker über den Tisch sprühte.

»Finn!«, quiekte Joanna. »Benimm dich mal! Außerdem, hast du nicht zugehört? Herr Meyer geht. Und Simon ist noch nicht aufgetaucht!«

»Und?«, fragte Finn und schob sich ein weiteres Stück Palatschinken in den Mund.

»Ich bin gleich wieder da!« Joanna sprang auf.

»Wohin …?«, wollte Finn fragen.

Doch Joanna war schon weg.

Sie stellte sich einfach hinter Herrn Meyer in die Schlange an der Rezeption und tat so, als hätte auch sie ein Anliegen.

Herr Meyer war nun dran. Er trat an den Portier heran und bestellte ein Taxi.

»Gern. Sofort!«, versprach der Portier höflich und drückte eine Taste am Pult, als wollte er einen heimlichen Alarm auslösen.

›Verflucht!‹, dachte Joanna. Sie hatte gehofft, der Portier würde telefonisch nach dem Taxi rufen und das Ziel durchgeben. Aber offenbar standen einige Taxis für dieses Hotel in der Nähe bereit, die mit einem einfachen Tastendruck gerufen werden konnten.

»Danke!«, sagte Herr Meyer. »Ich warte draußen vor der Tür.«

»Gern«, sagte der Portier. »Es ist ja auch herrliches Wetter heute Morgen.«

Das stimmte allerdings.

Joanna sah Herrn Meyer hinterher, als der durch den schmalen Eingang das Hotel verließ.

»Und, junges Fräulein? Wie darf ich Ihnen helfen?«, fragte der Portier.

Joanna hörte gar nicht hin. Der Portier musste seine Frage wiederholen, ehe Joanna begriff, dass sie gemeint war.

»Äh …«, stotterte sie dann. Sie überlegte, wie sie doch noch Herrn Meyers Fahrtziel erfahren konnte. »Ach, da sehe ich schon meinen Vater. Hat sich erledigt. Danke!«

Mit diesen Worten flitzte Joanna aus dem Hotel heraus und ließ einen leicht verdutzten Portier zurück. Doch dann widmete er sich gleich dem nächsten Gast. Draußen vor der Tür blieb Joanna einfach stehen, als ob sie auf jemanden wartete. Das sah auch der Portier in der roten Uniform, der immer draußen vor der Tür stand, und fragte: »Kann ich Ihnen helfen?«

»Nein, vielen Dank«, sagte Joanna. »Meine Eltern kommen gleich, wenn sie mit dem Frühstück fertig sind. Ich bin bloß schon vorgegangen.«

Der Portier machte einen kleinen Diener, wandte sich von Joanna wieder ab, tat einen Schritt vor zur Straße und winkte dem heranfahrenden Taxi. Das parkte vor dem Eingang. Der Portier öffnete Herrn Meyer die hintere Tür und fragte, während dieser einstieg: »Wohin, bitte schön, der Herr?«

»Dr.-Karl-Renner-Ring 3«, antwortete Herr Meyer.

Joanna brauchte weder zu rätseln noch sich vorzunehmen, die Straße zu googeln, weil der Portier es für den Taxifahrer sofort laut und deutlich übersetzte: »Zum Parlamentsgebäude!«

Joanna blieb wie angewurzelt stehen. Was wollte Herr Meyer im Parlament? War er ein Politiker? Simon hatte doch herausgefunden, dass er Unternehmensberater war, also eher ein Geschäftsmann. Und wieso hatte er am Abend zuvor spontan den Aufenthalt im Hotel verlängert? Wenn er Termine im Parlament hatte, dann waren diese doch bestimmt schon lange im Voraus vereinbart worden. Und die dritte Frage: Wieso hatte Herr Meyer noch immer nicht den Diebstahl gemeldet? Ob ihm doch Papiere gestohlen worden waren? Und ob er diese tatsächlich auf eigene Faust zurückholen wollte? Aber wie? Etwa mithilfe des Parlaments?

Joanna kehrte um und ging ins Hotel zurück, wo ihr in diesem Moment ihr Bruder entgegenkam.

»Hier steckst du«, sagte Finn. »Was ist mit Herrn Meyer?«

»Pssst!« Joanna legte den Finger auf den Mund. »Nicht so laut. Ich konnte ihm nicht folgen. Aber ich weiß, wohin er gefahren ist.«

»Wohin?«, wollte Finn wissen.

Doch Joanna antwortete ihm nicht direkt. »Wir müssen erst mal Simon finden.«

Sie rief ihn kurzerhand per Handy an. Simon befand sich noch in der kleinen Umkleidekammer, wo er seine Hoteluniform anzog.

»Wir treffen uns in der Blauen Bar«, sagte Simon kurz angebunden. »Da ist um diese Zeit niemand.«

»Wo ist die?«, fragte Joanna nach.

Simon erklärte es ihr. Sie befand sich gleich neben der Foyerhalle. Joanna und Finn hatten nur ein paar Schritte zu gehen.

Auch hier kam sich Finn wieder vor wie in einem Film. Die Wände waren mit blauen Mustertapeten in goldenen Rahmen verziert, große Gemälde hingen an den Wänden, plüschige Sessel und Sofas waren um kleine runde Tische gruppiert, Stehlampen tauchten den Raum in gedämmtes Licht und große Vasen standen auf antiken kleinen Kommoden. Eine Reihe von lederbezogenen Barstühlen zierten den geschwungenen halbrunden Tresen, hinter dem unzählige Flaschen in den verschiedensten

Farben vor einem beleuchteten Spiegel in Goldrahmen ange-
strahlt wurden.

Es befand sich tatsächlich noch niemand hier in der Bar.

Während Finn überlegte, ob seine Eltern hier am Vorabend
wohl noch zusammen gesessen hatten, sah Joanna sich nervös
nach Simon um.

»Wo bleibt der denn?«, fragte sie sich laut.

Doch da kam er schon.

»Tut mir leid«, entschuldigte er sich. »Aber jetzt habe ich wirklich
Dienst und kaum Zeit, nebenbei etwas für unseren Fall zu tun.«

»Sag mal …«, Joanna ignorierte seine Entschuldigung und
kam gleich wieder zur Sache. »Hattest du nicht gesagt, Herr
Meyer wäre Unternehmensberater?«

Simon nickte.

»Was ist denn das eigentlich genau?«, fragte Joanna nach.

Aber das wusste Simon auch nicht so recht. »Keine Ahnung.
Unternehmensberater sind doch irgendwie Geschäftsleute, die
Unternehmen beraten, oder nicht?«

»Eben«, bestätigte Joanna. »Das hab ich mir auch gedacht: ein
Geschäftsmann! Was aber hat ein Geschäftsmann aus Deutschland im österreichischen Parlament zu suchen?«

Joanna berichtete den beiden Jungs, was sie draußen vor dem
Hotel mitbekommen hatte. Noch immer standen für sie die
drei Fragen im Raum: »Erstens: Wieso hat Herr Meyer gestern
Abend seinen Aufenthalt verlängert? Zweitens: Was hat er im
Parlament zu tun? Drittens: Wieso hat er den Diebstahl immer
noch nicht gemeldet?«

Finn zuckte mit den Schultern. »Also dass in seinem Safe Bargeld aus einem Bankraub lag, können wir jetzt wohl ausschlie-
ßen. Wenn ihm eine Beute aus einem Bankraub gestohlen worden wäre, würde er wohl kaum deswegen ins Parlament fahren.«

»Das sehe ich auch so«, stimmte Simon ihm zu. »Außerdem hab ich mich umgehört. In den vergangenen sechs Monaten hat es keinen Überfall auf eine Bank in Wien gegeben.«

»Oder wir lagen die ganze Zeit über falsch«, mutmaßte Finn. »Und wir waren doch rechtzeitig in seinem Zimmer, sodass wir den Dieb gestört haben, und Herrn Meyer wurde gar nichts gestohlen.«

»Das könnte dir so passen«, widersprach ihm seine Schwester sofort. Sie durchschaute, weshalb Finn diese Theorie aufgestellt hatte: Wenn nichts gestohlen worden war, gab es auch keinen Fall mehr. »Ich bin mir ziemlich sicher, dass er länger bleibt, weil ihm etwas Wertvolles gestohlen wurde. Er hat den Einbruch bemerkt und deshalb sofort seinen Aufenthalt verlängert. Und da er als Erstes heute Morgen zum Parlament gefahren ist, schätze ich mal, es kann sich nur um wichtige Dokumente handeln. Stutzig macht mich nur, dass er Geschäftsmann ist und kein Politiker.«

Doch nun hatte Simon wieder einen Einwand: »Und was ist mit den übrigen Einbrüchen und Diebstählen? Allen anderen wurde Schmuck gestohlen! Weshalb sollte der Dieb da plötzlich irgendwelche Papiere mitnehmen? Die sind doch wertlos für einen Juwelendieb.«

»Mist!«, fluchte Joanna. »Da hast du verdammt recht.«

»Und das heißt?«, wollte Finn wissen.

»Das heißt, wir stehen wieder am Anfang und wissen nichts«, gab Joanna resigniert zu.

»Was soll's!«, sagte Finn. »In zwei Tagen fahren wir wieder nach Hause. Mamas Collier bekommen wir sowieso nicht wieder. Und spätestens heute Nachmittag werden Mama und Papa mit uns eine Stadtbesichtigung machen wollen. Legen wir die Sache doch einfach nieder!«

Zu Finns großer Überraschung stimmte ihm seine Schwester zu.

»Vermutlich hast du recht, Bruderherz. Wir kommen nicht weiter. So traurig das auch ist.« Ihr Blick ging zu Simon. »Und Simon hat ja sicher auch keine Zeit mehr, sich um die Sache zu kümmern.«

»Leider«, bedauerte Simon. »Tut mir echt leid.«

»Aber danke trotzdem, dass du uns bis hierher geholfen hast«, sagte Joanna.

Simon errötete leicht vor Verlegenheit. Und antwortete: »Gern geschehen. Ich wünschte, ich hätte euch mehr helfen können.«

»Du hast uns ja schon viel geholfen. Also dann …«, beendete Joanna resigniert das Gespräch und wollte gehen.

Doch Simon hielt sie auf. »Äh …«, begann er zögerlich. »Sehen wir uns vielleicht trotzdem noch? Ich meine, bevor du wieder wegfährst?«

Joanna schenkte ihm ein warmes Lächeln. Finn rollte mit den Augen.

»Klar!«, antwortete Joanna. »Warum nicht? Wann und wo?«

»Das … muss ich mir noch überlegen«, gestand Simon.

»Meine Handynummer hast du ja«, sagte Joanna. »Melde dich.«

»Gern!« Simon strahlte.

In dem Moment, als die drei die Bar verlassen wollten, betrat ein Mann den Raum. Er war nicht allzu groß, sehr schlank, trug einen kurzen, sehr gepflegten Vollbart, akkurat geschnittene Haare und einen sichtbar teuren Anzug. Dazu eine goldene Armbanduhr und mehrere goldene Ringe. Man sah ihm an, dass er reich war, fand Finn. Aber wie ein Geschäftsmann wirkte er dennoch nicht.

»Oh, sorry«, sagte Simon und ging auf den Herrn zu. »The bar is still closed.«

»Ja, ich weiß«, antwortete der Mann. Er sprach offenbar Deutsch, aber mit deutlichem Akzent. Allerdings konnte Finn am Akzent die Herkunft des Mannes nicht erkennen. »Ich warte hier nur kurz auf einen Geschäftspartner.«

»Oh!«, sagte Simon. Soweit er wusste, war es nicht gern gesehen, wenn sich Hotelgäste in geschlossenen Bereichen aufhielten oder gar verabredeten. Aber er traute sich auch nicht, den Herrn darauf hinzuweisen. Denn erstens hatte er als Page dazu gar keine Befugnis und zweitens war es auch nicht ausdrücklich verboten, sich in einer Bar aufzuhalten, die noch nicht geöffnet hatte.

So sagte Simon nichts mehr, sondern lächelte nur freundlich, verbeugte sich und wünschte dem Gast einen schönen Tag.

Die drei verließen die Bar. Als sie das Foyer erreichten, betrat gerade Herr Meyer das Hotel, ging schnurstracks auf den Lift zu und tippte, während er auf den Aufzug wartete, etwas auf seinem Smartphone. Dann fuhr er hinauf in sein Zimmer.

Joanna und Finn beobachteten das aus den Augenwinkeln, während sie sich von Simon verabschiedeten, der zum Dienst musste. Kaum war Simon gegangen und der Fahrstuhl mit Herrn Meyer losgefahren, kam der Herr aus der Blauen Bar und begab sich ebenfalls zum Lift.

Joanna tippte ihren Bruder in die Seite. »Komm, wir fahren mit!«

Finn sah sie fragend an. »Hä? Wieso? Wir wohnen doch im ersten …«

»Stock«, hatte er noch sagen wollen.

Doch Joanna unterbrach ihn. »Pst!«

Der Fahrstuhl kam gerade an.

»Wir fahren mit!«, teilte Joanna ihrem Bruder fast schon im Befehlston mit.

Der feine Herr aus der Bar betrat die Fahrstuhlkabine.

Joanna und Finn huschten hinterher.

Der Mann drückte die Taste für die vierte Etage.

Finn schaute zu seiner Schwester. Doch sie drückte keinen Knopf.

›Was wollte sie in der vierten Etage?‹, fragte sich Finn. »Okay, das war das Stockwerk, in dem Herr Meyer wohnte. Aber sie hatten den Fall doch soeben fallen gelassen. Oder etwa nicht?

In der vierten Etage stieg der Herr aus.

Joanna trat ebenfalls aus dem Fahrstuhl und Finn lief ihr hinterher.

Der Mann ging rechts-, Joanna linksherum. Beinahe wäre Finn seiner Schwester in die Fersen getreten. Denn die verlangsamte abrupt ihr Tempo. Ohne sich umzudrehen, ging sie – allerdings weiterhin sehr langsam – zielgerichtet auf eine Tür zu.

›Was will sie dort?‹, fragte sich Finn erneut.

Von der anderen Seite des Flurs hörten sie, wie jemand an eine Tür klopfte.

Joanna ging weiter, drehte sich nun aber kurz um. Finn folgte ihrem Blick. Am anderen Ende des Gangs öffnete sich die Tür von Herrn Meyers Zimmer und der feine Herr trat ein.

Joanna blieb nun stehen.

»Merkwürdig!«, kommentierte sie.

»Was?«, wollte Finn wissen.

»Der Mann hat gesagt, er warte in der Bar auf einen Geschäftspartner«, erklärte Joanna. »Offenbar ja wohl auf Herrn Meyer.«

»Ja und?«, fragte Finn.

»Wieso ist Herr Meyer nicht in die Bar gegangen, um ihn zu empfangen und abzuholen? Anscheinend waren sie doch wohl dort verabredet. Stattdessen geht Herr Meyer zum Fahrstuhl und schreibt dem Mann eine Nachricht per Handy.«

»Was? Wieso?«, wundert sich Finn. »Wie kommst du denn darauf, dass er ihm geschrieben hat?«

Joanna schaute ihren Bruder wieder mit diesem mitleidigen Blick an, als ob er nie etwas begreifen würde.

»Der Mann konnte von der Bar aus doch gar nicht sehen, dass Herr Meyer im Hotel angekommen ist. Und weil der nicht in die Bar, sondern direkt zum Fahrstuhl gegangen ist, muss Herr Meyer ihn informiert haben: per Handy.«

»Nicht schlecht kombiniert«, gab Finn zu.

»Die beiden tun so, als ob sie sich nicht kennen und nichts miteinander zu tun haben«, stellte Joanna weiter fest. »Und da Herr Meyer ja eigentlich ursprünglich abreisen wollte, müssen die beiden sich spontan verabredet haben. Mit anderen Worten …«

Finn beendete Joannas Satz: »Ihr Treffen hat etwas mit dem Einbruch in sein Zimmer zu tun!«

»Schlaues Kerlchen!«, lobte Joanna. Sie griff nach ihrem Handy. »Ich rufe Simon an. Vielleicht kann er herausbekommen, ob der Mann mit dem Taxi oder dem eigenen Wagen gekommen ist, und vielleicht auch, woher?«

Simon war sofort dran, obwohl ihm der Anruf gar nicht passte.

»Es ist gerade ungünstig«, flüsterte er in sein Telefon. »Ich muss Gepäck reintragen. Und es ist verboten, während der Arbeit zu telefonieren.«

»Es tut mir leid …«, sagte Joanna. »Aber … hallo?« Joanna nahm das Handy vom Ohr und starrte es an. »Er hat aufgelegt!«

»Natürlich hat er das«, sagte Finn, der sein Ohr während des Telefonats dicht an Joannas Smartphone gehalten und alles mitgehört hatte. »Er hat doch gesagt, dass …«

»Warte mal!«, würgte Joanna ihn ab. Sie schrieb Simon eine Nachricht und wandte sich danach wieder an Finn. »Vielleicht hat er ja gleich Zeit, sich mal umzuschauen.«

Schon piepte ihr Handy.

»Wow!«, rief sie erstaunt aus. »Das ging nun aber wirklich schnell.«

Sie schaute auf die vemeintliche Antwort, verzog aber sogleich die Mundwinkel. »Ach, die Nachricht ist gar nicht von Simon, sondern von Mama.«

Finn machte große Augen. »Was will sie?«

»Wissen, wo wir stecken«, antwortete Joanna. »Was sonst?«

Joanna tippte schnell eine Antwort:

Sind noch im Hotel.
Sehr spannend!
Sehen uns noch weiter um.
LG, J 😉

»Mama glaubt noch immer, wir machen eine Hotelbesichtigung?«, fragte Finn.

Joanna zog unschuldig die Schultern hoch. »Hab ich davon etwas geschrieben? Jedes Wort ist die reine Wahrheit!« Sie grinste verschmitzt.

Wieder piepte das Handy.

»Jetzt schreibt sie ›Viel Spaß!‹ oder so etwas. Wetten?«, prophezeite Joanna.

Aber wieder lag sie falsch. Dieses Mal war es eine Nachricht von Simon.

»Er hat ein Foto geschickt.« Joanna zeigte Finn ratlos ihr Display.

Auch Finn konnte mit dem Bild nichts anfangen. »Ein dicker Benz. Na und?«

Joanna wusste auch nicht, was das sollte.

Die Antwort folgte prompt. Dachte Joanna jedenfalls, als erneut ihr Smartphone piepte. Joanna las und stöhnte laut auf.

»Was?«, fragte Finn.

»Jetzt war es Mama«, teilte Joanna ihm mit. »Sie wünscht uns viel Spaß.«

Auch Finn verzog das Gesicht. Doch bevor sie sich weiter beschweren oder Simon eine Frage schicken konnte, kam die nächste Nachricht von ihm, mit einer knappen Erklärung:

Das Auto des Gastes in der Bar!

Es folgte ein zweites Foto des Wagens. Dieses Mal von hinten aufgenommen.

»Wieso ...?«, fragte sich Joanna gerade, als sie verstand. »Der will uns auf das Kennzeichen hinweisen.«

Finn schaute auf ihr Display. »Mach mal größer!«

Joanna zog den Ausschnitt des Autokennzeichens größer.

»WD-6«, las Finn vor. »Komische Zeichen. Was heißt das? Wien-Distrikt 6?«

Joanna zog die Augenbrauen hoch. »Nicht schlecht, Finn. Ich wusste nicht, dass es so einen Distrikt mit eigenem Kennzeichen gibt.«

»Ich auch nicht«, gab Finn zu. »Hab ich nur geraten.«

Joanna verzog die Mundwinkel. »Toller Detektiv«, murrte sie. »Gut, dann lass uns herausbekommen, was das Kennzeichen bedeutet.« Ohne zu zögern, drückte Joanna die Taste, um den Fahrstuhl zu rufen.

Unten angekommen, war Simon schon fort. Vermutlich brachte er irgendeinem neuen Gast das Gepäck in eine der oberen Etagen. Ihn konnten sie also nicht fragen, was das Kennzeichen bedeutete. Aber Joanna zweifelte sowieso daran, dass er das wusste. Sonst hätte er es ihr doch auch geschrieben. Joanna wollte jedenfalls nicht länger warten. Sie ging hinaus und hoffte, der Wagen stünde noch da.

Sie hatte Glück. Am Straßenrand, direkt vor dem Hotel, wo Parken eigentlich nicht erlaubt war, stand die Limousine mit dem merkwürdigen Kennzeichen.

Joanna tippte ihren Bruder an und sagte: »Jetzt schau zu und lerne!«

»Pah!«, antwortete Finn. »Was denn lernen?«

Doch da war Joanna schon auf den Portier zugegangen. »Verzeihen Sie?«

Der Portier empfing Joanna mit einem freundlichen Lächeln. »Na, junge Dame?«, begrüßte er sie. »Hat gestern Abend alles geklappt? Hast du deine Mutter vor dem Opernhaus treffen können?«

»Ich? Meine Mutter?«, fragte Joanna erstaunt. Dann fiel ihr wieder ein, dass sie dem Portier am vorigen Abend eine Geschichte aufgetischt hatte. »Äh, ja klar. Danke. War alles super.«

»Schön«, sagte der Portier. »Und? Wie kann ich dir weiterhelfen?«

Joanna war nicht darauf vorbereitet gewesen, dass der Portier ihr direkt seine Hilfe anbieten würde. Sie musste sich erst einmal kurz sammeln, was ihr aber einwandfrei gelang.

»Äh, tja …«, begann sie zögerlich. »Wissen Sie … mein kleiner Bruder und ich …«

Finn hatte das deutlich gehört und verzog bei der Formulierung »kleiner Bruder« seine Mundwinkel.

»… wir sammeln Autokennzeichen«, flunkerte Joanna weiter. »Also eigentlich nur er.«

Nee, war ja klar, dass Joanna ihn wieder bloßstellte. Immer musste er seinen Kopf hinhalten und den Blödmann spielen, damit Joanna herausbekam, was sie wollte!

»Ich helfe ihm nur ein wenig.«

Der Portier nickte verständnisvoll und schmunzelte. »Klar!«

»Ja!«, betonte Joanna entschieden. »Und wir fragen uns, was das für ein Kennzeichen ist, das der Wagen dort hat: ›WD-6‹. Das sieht anders aus als die anderen.«

»Ist es auch«, bestätigte der Portier. »Es ist ein Diplomaten-Kennzeichen. WD steht dafür. Die Zahl bezeichnet das Land, dessen Botschafter den Wagen fährt.«

»Ach so. Wow! Und die Ziffer 6 bedeutet welches Land?«

»Saudi-Arabien«, antwortete der Portier.

»Ah, vielen Dank!«, sagte Joanna. Sie drehte sich zu Finn. »Siehst du? Hab ich dir ja gleich gesagt. Ein Fahrzeug der Botschaft von Saudi-Arabien.«

»Hast du gar ni...!«, wollte Finn protestieren.

»Oh doch!«, fuhr Joanna ihm über den Mund und wandte sich wieder dem Portier zu. »Dann ist der Botschafter hier?«

»Nein«, stellte der Portier klar. »Aber ein Mitarbeiter der Botschaft.«

»Und wer?«

»Das weiß ich nicht, junge Dame. Und wenn, dürfte ich es dir nicht sagen. Ich kann dir nur sagen, dass dieses Fahrzeug zur Botschaft von Saudi-Arabien gehört.«

»Vielen, vielen Dank. Sie haben uns sehr geholfen!«

Joanna griff ihren Bruder unterm Arm und verzog sich mit ihm um die Ecke.

»Er hat uns geholfen?«, fragte Finn, als sie einige Meter entfernt waren. »Wieso das denn? Was nützt uns denn das?«

»Das weiß ich auch noch nicht«, gab Joanna zu. »Aber man muss doch höflich bleiben.«

Als sie um die Ecke gebogen waren, lugte Joanna noch mal zum Eingang zurück.

»Sag mal«, sagte sie fragend zu Finn. »Dort, wo die Limousine steht, das ist doch eigentlich gar kein richtiger Parkplatz, oder?«

»Nein!«, antwortete Finn. »Da kann bestenfalls jemand halten, um jemanden abzusetzen oder Gepäck auszuladen.«

»Ja, eben. Aber dieser Wagen von der Botschaft parkt da so einfach«, stellte Joanna fest.

»Bestimmt, weil er von der Botschaft kommt«, mutmaßte Finn. »Dann darf er das wohl.«

»Kann sein«, räumte Joanna ein. »Oder aber … er fährt gleich wieder weg.«

Das konnte Finn sich eigentlich nicht vorstellen, denn schließlich war der Mitarbeiter von der Botschaft ja gerade erst gekommen, hatte fast eine Viertelstunde auf Herrn Meyer gewartet und war dann in dessen Stockwerk hinaufgefahren. »Die haben doch ganz offensichtlich etwas Wichtiges zu besprechen.« Davon war Finn überzeugt.

»Ja«, stimmte Joanna ihm zu. »Aber nicht hier!«

»Wie meinst du das?« Finn hatte sich damit begnügt, neben Joanna zu stehen und zu warten, während sie den Hoteleingang und den Wagen beobachtete. Jetzt aber trat er an sie heran und lugte ebenfalls um das Gebäude herum. So sahen sie beide, wie der Mitarbeiter der Botschaft gemeinsam mit Herrn Meyer aus dem Hotel trat. Der Mitarbeiter setzte sich ans Lenkrad, Herr Meyer stieg hinten in die Limousine ein.

»Der hat den nur abgeholt!«, stellte Joanna erstaunt fest. »Das ist ja irre!«

»Wieso?« Finn fand daran nichts Ungewöhnliches.

Doch Joanna erklärte es ihm. »Heute Morgen ist Herr Meyer doch auch Taxi gefahren. Wenn er die Botschaft aufsuchen wollte, könnte er das doch wieder tun. Stattdessen wird er abgeholt!«

»Und das bedeutet …?«, fragte Finn. »Dass Herr Meyer vermutlich ein sehr wichtiger Geschäftsmann ist?«

»Ja«, sagte Joanna. »Oder dass er großen Mist gebaut hat, sodass die Botschaft ihn jetzt abholen lässt, um ihn zur Rede zu stellen.«

»Mist gebaut …? Du meinst …?«

»Ganz genau. Herr Meyer hat sich wichtige Unterlagen stehlen lassen. Ich sage dir, die saudi-arabische Botschaft hat den Einbruch mitbekommen und ist jetzt sehr aufgebracht.«

»Kann sein«, gab Finn zu. »Kann aber auch nicht sein. Vielleicht spinnen wir uns da nur etwas zurecht.«

»Wird Zeit, das herauszubekommen«, sagte Joanna entschieden. »Los, komm mit!«

»Hä? Wohin?«, wollte Finn wissen.

Joanna hatte längst ihr Smartphone hervorgeholt und sah eilig etwas nach. Finn schaute ihr über die Schulter und erkannte, dass Joanna die Straßenkarte von Wien aufgerufen hatte.

»Wir brauchen Fahrräder!«, rief sie schließlich. »Bis zur Botschaft von Saudi-Arabien sind es achtzehn Minuten mit dem Auto und nur zwanzig mit dem Rad. Also wir können fast gleichzeitig dort sein.«

»Ja, aber … Moment. Was willst du …?«

Mehr brachte Finn nicht heraus. Seine Schwester war bereits losgerannt, zurück zum Eingang des Hotels.

»Warte!«, rief er und rannte ihr hinterher.

Joanna lief auf den Portier zu und redete kurz mit ihm. Und nach nicht mal einer Minute wandte sie sich mit einem strahlenden Lächeln an Finn: »Wir bekommen zwei Räder vom Hotel!«

Finn schüttelte fassungslos den Kopf. Wie hatte Joanna denn das nun wieder geschafft?

»Erzähle ich dir später«, versprach sie Finn. »War aber gar nicht schwer. Los ab, zum Hinterausgang!«

Es war niemand anderes als Simon, der ihnen an der hinteren Seite des Hotels die Räder aushändigte. Während er sie nacheinander auf die Straße trug, informierte Joanna ihn stichwortartig, was sie gesehen hatten und was sie tun wollten. »Die Formalitäten für die Räder können wir uns sparen, oder? Du kennst uns doch!«

»Kein Problem«, sagte Simon. »Das geht in Ordnung.«

»Du bist ein Schatz!«, sagte Joanna und schmatzte ihm einen Kuss auf die Wange.

Finn verzog das Gesicht.

»Okay, bis später!«, verabschiedete Joanna sich von Simon. Dann trat sie in die Pedale. »Mir nach, Finn.«

Joanna fuhr los. Finn blieb dicht hinter ihr. Im Radfahren war er zum Glück nicht langsamer als sie, anders als beim Laufen.

»Was willst du Mama und Papa sagen?«, fragte Finn während der Fahrt.

»Die rufe ich nachher an«, versprach Joanna. »Da haben wir jetzt keine Zeit für. Los, tritt in die Pedale!«

Ihr Weg führte sie zunächst ein paar Meter Richtung Westen, über den Platz mit dem »Mahnmal gegen Krieg und Faschismus«, dann bogen sie rechts ab Richtung Norden. Links ließen sie das Kunstmuseum Albertina liegen, hinter dem der Burggarten lag mit seinem Palmen- und dem Schmetterlingshaus. Sie fuhren am Prunksaal der Österreichischen Nationalbibliothek und an der Kaiserlichen Schatzkammer vorbei, wo Finn gern angehalten hätte, um sie sich anzusehen. Die Schatzkammern waren das Einzige, was ihn an Königshäusern interessierte. Neben den Rittern natürlich. Bevor sie die berühmte Wiener Hofburg erreichten, bogen sie rechts in die Habsburgergasse ab. Dann fuhren sie zwischen Josefsbrunnen und Wiener Pestsäule hindurch bis zum Petersplatz.

»Dir ist schon klar, dass wir gerade an total bekannten Sehenswürdigkeiten vorbeifahren, oder?«, fragte Joanna während der Fahrt.

»Kann sein«, antwortete Finn. »Und wieso erzählst du mir das?«

»Falls Mama und Papa nachfragen«, instruierte Joanna ihren Bruder. »Ich werde denen nämlich nachher erzählen, dass wir beide spontan eine kleine Stadtrundfahrt gemacht haben.«

»WAS?«, empörte sich Finn. »Bist du irre? Wir beide allein? Eine Stadtrundfahrt durch Wien? Ohne Mama oder Papa vorher zu fragen? Mama wird total austicken!«

»Nun mach dir mal nicht gleich in die Hose«, wies Joanna ihn zurecht. »Ich sage natürlich, dass Simon bei uns war!«

»Na dann«, kommentierte Finn sarkastisch. »Das ist natürlich gaaanz was anderes.«

»Ist es auch!«, behauptete Joanna steif und fest. »Aber bevor du dir nun wirklich in die Hose machst ... wir sind eben am Josefsbrunnen vorbeigefahren.«

»Ja, und?«, fragte Finn.

»Darunter ist die älteste unterirdische Toilette der Welt«, antwortete Joanna lachend. »Sie ist noch in Betrieb.«

»Sehr witzig!«, schimpfte Finn vor sich hin.

»Und zu unserer Rechten kommt gleich der berühmte Stephansdom«, referierte Joanna jetzt wie eine echte Stadtführerin. »Die erste Kirche wurde 1147 fertiggestellt. Natürlich wurde sie im Laufe der Zeit umgebaut und erweitert und so. Aber ist das nicht irre? 1147! Stell dir das mal vor. Das sind mehr als 870 Jahre bis heute. Achthundertsiebzig! Ich finde das völlig irre!«

»PASS AUF!«, brüllte Finn.

Joanna war so auf ihren Bericht konzentriert, dass sie nicht sah, wie vor ihr ein Fiaker auftauchte. Joanna konnte gerade noch scharf abbremsen. Eines der zwei Pferde drohte zu scheuen, doch

der Kutscher bekam das Tier noch rechtzeitig in den Griff. Er schimpfte fürchterlich in einem so derben Wienerisch, dass die Geschwister kein Wort verstanden. Was wohl auch besser so war.

»'tschuldigung!«, rief Joanna dem Kutscher zu.

»Oasch! G'schissen! Schleich di! G'frastsackl!«, schimpfte der Mann weiter vor sich hin, während er seine zwei Gäule antrieb und weiterfuhr.

»Was hat er gesagt?«, fragte Finn.

»Bestimmt nichts Nettes«, antwortete Joanna. »Komm, weiter! Wir müssen uns beeilen.«

»Na ja, du machst aus unserer Verfolgungsjagd ja eine Stadtrundfahrt!«, stellte Finn klar.

Doch Joanna winkte ab. »Ich mache keine Stadtrundfahrt«, korrigierte sie. »Ich verschaffe uns ein Alibi für den Fall, dass Mama und Papa fragen, was wir gemacht haben. Also bitte: Merk dir wenigstens ein paar Stichworte!«

»Merken?«, fragte Finn entsetzt. »Es interessiert mich ja schon nicht, während du es mir erzählst. Und dann soll ich es mir auch noch merken?«

Joanna verzog das Gesicht. »Allerdings, du Matschbirne. So ist es mit Notlügen. Die muss man sich nun mal merken, wenn sie funktionieren sollen. Also, was ist das da für ein Dom?«

»Stephan!«, leierte Finn herunter. »Der ist achthundert Jahre tot oder so.«

Joanna stöhnte auf. »Du lernst es nie, du Dillo! Los, weiter!«

»Ich was?«, fragte Finn.

»Ein Dillo ist ein Depp!«, rief Joanna ihm zu, während sie vorausfuhr. »Kannst du dir das wenigstens merken?«

»Ha, ha«, maulte Finn. »Als ob *ich* gerade ein Pferd gerammt hätte!«

Ein Großteil ihres Weges führte sie an der Donau entlang. Es war der perfekte Radweg. Zur linken Seite trennte sie eine mannshohe, mit Graffiti besprühte Mauer vom Autoverkehr. Zur rechten Seite erstreckte sich das mit Bäumen gesäumte Ufer eines Donauarms, teilweise mit kleinen Büdchen und Boots-Anlegestellen bestückt. So getrennt vom Stadtverkehr konnten sie gefahrlos und kräftig in die Pedale treten. Weil der Weg um diese Uhrzeit relativ leer war, kamen sie viel schneller voran, als sie gedacht hatten. Nur wenige Radfahrer waren unterwegs, ab und an begegneten sie einem Spaziergänger mit oder ohne Hund oder sie sahen einen Angler am Ufer sitzen.

Es war herrlich, fand Finn. Für einen Moment vergaß er, dass sie eigentlich hinter einem Juwelendieb her waren. Auch am gegenüberliegenden Ufer war die Kaimauer kilometerlang mit Graffiti besprüht. Finn fragte sich, wie viele Farbdosen dabei draufgegangen waren, um größtenteils hässlichen Schrott an die Wände zu sprühen. Denn nur bei den wenigsten Graffiti, die er im Vorbeifahren wahrnahm, konnte man von künstlerischer Arbeit sprechen. Ein bisschen verstand Finn davon durch seinen Vater, den Kunstmaler. Er interessierte sich zwar nicht so sehr dafür wie seine Schwester. Aber das Geschmiere irgendwelcher talentfreier Sprayer erkannte er schon noch. Finn fand das schade, denn einige wenige Sprayer verdienten seiner Meinung nach tatsächlich die Bezeichnung »Graffiti-Künstler«. Aber von denen waren an diesem Ufer nur sehr wenige zu sehen.

»Kommen wir auch am Naschmarkt vorbei?«, fragte Finn.

»Nein«, antwortete Joanna. »Der liegt in der anderen Richtung, nur drei Minuten von unserem Hotel entfernt. Ist aber eine gute Idee. Da können wir vielleicht nachher noch mit Mama und Papa hingehen. Dann fragen die nicht so viel nach, was wir heute Vormittag gemacht haben.«

»Kann man da wirklich ganz viel zum Naschen kaufen?«, wollte Finn wissen.

»Auch, aber vor allem Speisen und Getränke für Erwachsene. Also wenn du Lust auf Austern mit Champagner hast …«

»Uäääh«, machte Finn.

»Da vorn müssen wir links abbiegen«, wies Joanna ihn an.

Nach weiteren zehn Minuten, die sie an keiner Sehenswürdigkeit mehr vorbeiführten, kamen sie endlich an.

»Dort vorn muss es sein!« Finn zeigte auf eine hübsche, dreistöckige, aber dennoch klein und beschaulich wirkende weiße Villa.

»Allerdings!«, bestätigte Joanna. »Siehst du!« Sie hatte die Limousine entdeckt, mit der Herr Meyer abgeholt worden war. Sie parkte direkt vor der Villa.

»Schön«, sagte Finn. »Und jetzt?«

»Jetzt schauen wir mal, wie es drinnen aussieht«, kündigte Joanna an.

Finn hob die Augenbrauen. »Du willst nicht ernsthaft …«

»Aber natürlich will ich das«, sagte Joanna.

»Bist du verrückt? Herr Meyer wird uns erkennen, wenn er uns sieht!«, warnte Finn.

»Oh, umso besser«, behauptete Joanna mit einem süffisanten Lächeln. »Denn genau seinetwegen sind wir ja hier.«

»Was? Aber? Wie? Bist du verrückt?«, stotterte Finn, während Joanna ihr Rad an das grüne Metallgitter lehnte, mit dem das kleine Gelände rund um die Villa eingezäunt war.

»Passt du auf unsere Räder auf?«

Finn verstand sofort, dass dies nicht als Frage gemeint war. Ihm sollte es recht sein. Er war froh, nicht mit hineingehen zu müssen.

Joanna öffnete selbstbewusst das Tor, stieg die kurze Treppe hinauf und läutete an der Tür.

Kurz darauf wurde ihr geöffnet.

Finn sah seiner Schwester hinterher, als sie eintrat. Die Tür schloss sich hinter ihr und er schaute nervös auf seine Uhr. Länger als zehn Minuten wollte er nicht warten. Wenn sie dann nicht unversehrt zurück war, würde er etwas unternehmen. Aber was? Ihm fiel nichts anderes ein, als dass er sofort seine Eltern anrufen würde, um sie zu informieren. Nur würde er ihnen dann erklären müssen, was sie vor der saudi-arabischen Botschaft zu suchen hatten. Finn beschloss, seine Wartezeit auf fünfzehn oder zwanzig Minuten zu erhöhen. Musste er sich überhaupt Sorgen machen? Joanna hatte immerhin nicht irgendeine dunkle, anrüchige Hafenkneipe betreten, sondern die offizielle Botschaft von Saudi-Arabien. Da konnte doch nichts …

Da kam Joanna schon wieder heraus.

Finn sah nochmals auf die Uhr. Es waren gerade mal knapp fünf Minuten vergangen. Wutschnaubend kam Joanna ihm entgegen. Finn überlegte fieberhaft, was er falsch gemacht haben könnte, aber da war nichts. Er hatte einfach nur hier gewartet.

»Die haben ja wohl einen Sockenschuss!«, giftete Joanna sofort los, als sie bei Finn ankam.

»Was ist los?«, fragte Finn. »Was hast du denen erzählt?«

»Was wohl!«, brauste Joanna auf. »Ich hab mich als Reporterin von einer Schülerzeitung ausgegeben, die etwas über Saudi-Arabien erfahren möchte.«

»Oh!«, staunte Finn. Damit hatte er nicht gerechnet. »Und das haben sie dir nicht abgenommen, weil man sofort hört, dass du keine Wienerin bist?«

»Papperlapapp!«, schnauzte Joanna ihn an. »Wenn es nur das gewesen wäre. Nein! Und ob sie mir das abgenommen haben!«

»Oh!«, sagte Finn wieder. »Was ist denn dann passiert?«

»Was passiert ist?«, wiederholte Joanna. Und gleich noch einmal: »WAS PASSIERT IST? Sie haben gesagt, sie fänden es nicht gut, wenn ein Mädchen Reporter spielt. Das wäre nichts für Mädchen! Warum ich mich nicht zu Hause nützlich mache und meiner Mutter helfe!«

»DAS haben die gesagt?« Finn konnte es kaum glauben.

»Ja!«, rief Joanna. »Das haben sie gesagt. Die sind doch nicht ganz bei Trost!«

Finn verstummte. Er wusste, wenn seine Schwester derart aufgebracht war, hatte es wenig Sinn, ein Gespräch mit ihr zu suchen.

»Ich meine, wo leben die denn? Im 18. oder 19. Jahrhundert?« Sie drehte sich zur Villa um und rief: »HEY! Wir sind im 21. Jahrhundert! Schon gehört? Einundzwanzig! Wir haben eine Bundeskanzlerin und etliche Ministerinnen! Und ich soll nicht bei einer Schülerzeitung arbeiten?«

»Pst!«, mahnte Finn. »Mach uns doch keinen Ärger! Außerdem arbeitest du doch gar nicht bei einer Schülerzeitung.«

Joanna drehte sich wie eine Furie zu Finn um. »Was spielt denn das für eine Rolle?«

Finn zuckte zusammen. Er wusste, wie fuchsteufelswild Joanna werden konnte, wenn man sie nicht ernst nahm. Erst recht, wenn man ihr nichts zutraute, weil sie ein Mädchen war.

»ICH GLAUBE, ES HACKT!«, brüllte sie der Villa entgegen.

»Ich glaube, wir sollten jetzt besser gehen«, sagte Finn leise. »Dann war das eben ein Fehlschlag, hierherzukommen. Ist doch nicht so schlimm.«

Joanna wandte sich wieder an Finn. Nun aber schon mit deutlich milderem Gesichtsausdruck. »Wer sagt denn, dass es erfolglos war?«, fragte sie und grinste. »Ich habe immerhin herausbekommen, dass sich Herr Meyer dort drinnen mit einem echten Scheich getroffen hat.«

Das haute Finn jetzt allerdings um. »Hä? Wie das denn? Ich dachte …?«

»Tja, hahaaa!«, antwortete Joanna triumphierend und reckte ihre Faust gen Villa. »Wie das denn, willst du wissen? Weil ich ein Mädchen bin! Ich mache keine halben Sachen!«

»Ja, ja! Ist ja gut.«

Finn wurde es zunehmend unangenehm. Er befürchtete, dass vielleicht doch noch jemand aus der Botschaft herauskam und ihnen Ärger machte – so wie Joanna sich aufführte.

»Komm«, bat er. »Lass uns um die Ecke gehen. Dort kannst du mir mehr erzählen.«

»Um die Ecke?« Joanna tippte sich an die Stirn. »Hast du nicht zugehört? Herr Meyer hat sich mit einem Scheich getroffen, also wahrscheinlich mit einem Mitglied der Königsfamilie. Vielleicht einem Prinzen oder so.«

Finn runzelte die Stirn. Seine Schwester hatte schon immer sehr viel für Königshäuser, Prinzessinnen und die Welt des Glamours übrig. Konnte es sein, dass sie sich im Überschwang etwas zusammenfantasierte?

Joanna berichtete weiter. »Deshalb auch das Treffen in der Botschaft und nicht im Hotel. Wenn ein Mitglied des Königshauses ein Hotel aufsucht, dann bestimmt nur mit einem riesigen Stab an Mitarbeitern und so. Die wollen aber kein Aufsehen erregen, deshalb haben sie Herrn Meyer hierhergeholt. Aber das bedeutet doch, dass hier etwas sehr, sehr Wichtiges besprochen wird. Da geht es mit Sicherheit nicht darum, dass dem Meyer eine Uhr gestohlen wurde oder so. Es muss um viel mehr gehen. Deshalb meldet Herr Meyer den Diebstahl auch nicht im Hotel. Wir bleiben jetzt mal hier und beobachten, was weiter passiert.«

»Was soll schon passieren?«, fragte Finn. »Irgendwann kommt Herr Meyer wieder raus, fährt ins Hotel, und wir wissen dann immer noch nicht, worum es geht.«

Doch kaum hatte Finn seinen Satz beendet, passierte etwas: Ein Taxi hielt vor der Botschaft. Ein blonder Mann in einem dunklen Anzug stieg aus und betrat die Villa. Joanna tippte Finn aufgeregt in die Seite: »Den hab ich heute Morgen gesehen. Im Frühstücksraum!«

»Bist du sicher?« Finn konnte sich an den Mann nicht erinnern.

Blitzschnell zog Joanna ihr Smartphone aus der Tasche, um den Mann zu fotografieren. Leider stand er mit dem Rücken zu ihr.

Joanna hielt ihr Smartphone jetzt nur mit einer Hand fest. Gleichzeitig steckte sie zwei Finger der anderen Hand in ihren Mund und stieß einen grellen Pfiff aus. Der Mann drehte sich wie erhofft kurz um. Schnell schoss Joanna aus der Hüfte heraus ein Foto von ihm, ohne dass der Mann es bemerkte.

Der Mann betrat die Villa.

Joanna kontrollierte, ob das Foto etwas geworden war.

»Super! Ein bisschen schlecht belichtet und leicht unscharf, aber genug zu erkennen«, freute sie sich und sendete das Foto sofort an Simon mit der Frage, ob er den kenne.

Die Antwort kam prompt:

Urs Vogeler, Bankier aus Zürich

»Aus der Schweiz?«, staunte Joanna. »Was haben denn ein Scheich aus Saudi-Arabien, ein Geschäftsmann aus Deutschland und ein Bankier aus der Schweiz miteinander zu besprechen?«

Finn zuckte mit den Schultern. »Irgendwelche internationalen Geschäfte. Ist doch normal.«

»… wenn nicht Herr Meyer längst hätte abreisen wollen und nach dem Einbruch seinen Aufenthalt verlängert hätte. Es ist also ein spontanes Treffen. Und es geht um den Einbruch. Das wette ich.«

»Und wennschon«, wandte Finn ein. »Darüber bekommen wir den Dieb auch nicht zu fassen. Und schon gar nicht Mamas Juwelen wieder!«

»Oder eben doch!«, widersprach Joanna. »Wenn denen etwas so Wichtiges gestohlen wurde, dass sie nicht mal die Polizei benachrichtigen, dann tüfteln die vielleicht einen Plan aus, wie sie den Dieb selbst schnappen können.«

»Na, jetzt geht aber deine Fantasie mit dir durch«, sagte Finn. »Du glaubst doch nicht im Ernst, dass …«

In dem Moment kamen zwei Männer aus der Villa, die vom Typ her vermutlich Araber und Mitarbeiter der Botschaft waren. Jedenfalls hatten sie pechschwarze Haare, trugen Bärte, sahen schlank und sportlich aus und trugen elegante Anzüge. Und: Jeder von ihnen hatte einen Knopf im Ohr, von dem jeweils ein kleines Spiralkabel in ihrem Hemdkragen verschwand.

»Schnell!«, befahl Joanna und griff auf einen alten Trick zurück, den sie schon öfter angewandt hatte. Sie schob Finn neben sich, sodass sie beide mit dem Rücken zur Villa standen, und tat so, als würde sie ein Selfie von sich und ihrem Bruder machen. In Wahrheit aber fotografierte sie nur den Hintergrund: wie die Männer die Botschaft verließen. Die Männer stiegen in einen schwarzen SUV. Schnell machte Joanna ein zweites Foto, um das Nummernschild aufs Bild zu bekommen.

»Okay«, sagte sie zufrieden. »Beides gelungen. Dann können wir jetzt von mir aus zum Hotel zurückkehren. Und erst mal was mit Mama und Papa zusammen machen.«

Damit war Finn sehr einverstanden. Wenn es nach ihm gegangen wäre, hätten sie ihre waghalsigen Ermittlungen längst abgebrochen. Das war mit Joanna nicht zu machen. Aber eine Pause von der Diebesjagd war ja auch schon etwas.

Ein spektakulärer Vorfall

Gerade zur rechten Zeit kehrten Joanna und Finn ins Hotel zurück.

»Ich wollte gerade nach euch suchen«, empfing ihre Mutter die beiden. »Was haltet ihr davon, wenn wir einen Spaziergang zum Naschmarkt machen?«

Joanna zwinkerte ihrem Bruder zu. Als hätte ihre Mutter geahnt, dass sie dorthin wollten.

»Okay!«, sagte sie, während Finn jubelte. Das war genau die richtige Sehenswürdigkeit für ihn, auch wenn Joanna ihm ein wenig die Vorfreude genommen hatte. Unter dem Begriff Naschmarkt hatte Finn sich einen riesigen Markt voller Kuchen, Kekse, Schokolade, Lakritz, Marshmallows, Bonbons, Marzipan und allen erdenklichen Süßigkeiten vorgestellt. Aber Erwachsene verstanden unter »naschen« wohl etwas anderes. Ein Restaurant-Stand klebte an dem anderen. Darüber hinaus gab es unzählige Buden mit Gewürzen und Käse, Fleisch und Wurst, Broten und Backwaren, Blumen und Dekorationskram.

Finn sah sich etwas hilflos um. Er wollte Süßigkeiten essen und nicht Gourmetkoch werden! Alle paar Meter tauchten immer wieder Getränkebuden auf, die den Erwachsenen offenbar gut gefielen, denn alle waren restlos überfüllt. Für Kinder aber waren sie langweilig. Auch wenn Finn seit Langem mal wieder eine echte Cola trinken durfte, was wegen des Koffeins und des Zuckergehalts selten vorkam.

Eigentlich wollten die Eltern vom Naschmarkt aus noch andere Sehenswürdigkeiten in Wien anschauen. Aber Joanna hatte es mal wieder hinbekommen, dass sie zuvor kurz im Hotel pausieren durfte. Ein Wunsch, der ihr dieses Mal leicht erfüllt wurde. Denn so konnte ihr Vater sich vom Naschmarkt aus direkt ins Café Sacher begeben, um ein weiteres Stück Sachertorte zu essen. Anschließend war ein Besuch gegenüber im Wiener Hofgarten geplant.

Joanna verzog die Mundwinkel. »Da waren wir heute Morgen schon.«

»Auch im Schmetterlingshaus?«, hakte ihre Mutter nach.

»Nein«, musste Joanna zugeben. Fügte aber sogleich an, dass sie es so spektakulär auch nicht fand, es aufzusuchen.

Ihre Mutter seufzte. »Ihr wollt nicht ernsthaft auf dem Zimmer herumhängen, statt euch Wien anzusehen?«, fragte sie in vorwurfsvollem Ton.

»Mal schauen«, antwortete Joanna ausweichend.

Finn hörte aus ihrer Antwort, dass seine Schwester es durchaus ernst meinte. Nur bedeutete »mal schauen« nicht etwa, dass sie vielleicht doch mitkommen würde, wenn es etwas Interessanteres zu besichtigen gäbe als das Schmetterlingshaus. Sie wollte erst herausfinden, ob es etwas Neues zum Diebstahl gab, und dazu musste sie sich mit Simon treffen. Das aber verschwieg sie gegenüber ihrer Mutter natürlich.

Doch ein Treffen mit Simon war gar nicht nötig, wie Joanna feststellte. Denn als sie am Hotel Sacher ankamen, parkte gegenüber dem Hotel der SUV, den sie vor der saudi-arabischen Botschaft schon gesehen hatten. Sie konnten nicht erkennen, ob er leer dort stand oder die beiden Männer darin saßen, da die Scheiben dunkel getönt waren. Dennoch war Joanna von ihrer Entdeckung sofort wie elektrisiert. Sie hatte wohl richtig vermutet, dass die Botschaft sich für den Einbruch bei Herrn Meyer interessierte und die Sache selbst in die Hand nahm.

»Mal schauen, ob wir die beiden Männer aus dem Auto irgendwo im Hotel entdecken«, flüsterte sie Finn zu. »Geh du mit Papa ins Café und sieh dich dort um.«

Finn war sofort einverstanden. Denn genau das hatte er sowieso vorgehabt – also Torte essen. Wenn er sich dabei auch noch umsehen sollte, warum nicht? Darin sah er kein Problem.

»Ich schaue mich im Hotel um und gebe Simon Bescheid«, teilte Joanna ihm mit.

Sie tippte schnell eine Nachricht an Simon und wollte dann mit ihrer Mutter zusammen hinauf zu ihrem Zimmer fahren.

Doch ihre Mutter sagte: »Ach komm, in die erste Etage können wir ja wohl laufen.«

Gerade wollte Joanna zustimmen, da entdeckte sie den Schweizer Bankier Urs Vogeler vor dem Fahrstuhl!

Einen Moment lang überlegte Joanna, ob sie ihm folgen sollte. Aber wozu? Sie wusste ja über Simon, in welchem Zimmer er wohnte und dass er gerade ein Treffen mit Herrn Meyer in der saudi-arabischen Botschaft gehabt hatte. Mehr würde sie sicher nicht erfahren, wenn sie ihm hier im Hotel hinterherlief.

Ihre Mutter ging schon voran zum Treppenhaus.

Doch da kam auch Herr Meyer ins Hotel!

›Wow!‹, dachte Joanna. Jetzt konnte es interessant werden. Vielleicht besprachen die beiden etwas im Fahrstuhl? Oder sie verabredeten sich und sie, Joanna, konnte es mitbekommen?

»Äh, Mama?«, rief sie ihrer Mutter hinterher. »Irgendwie tut mir mein Fuß weh. Ich nehme den Fahrstuhl, okay?«

»Huch?«, wunderte sich ihre Mutter. »Was hast du denn am Fuß? So viel sind wir doch gar nicht gelaufen.«

›Gutes Stichwort!‹, dachte Joanna und griff die Frage ihrer Mutter sofort auf. »Ich glaube, ich habe nur die falschen Schuhe an. Bis gleich. Wir sehen uns oben!«

»Aber ...«, wollte ihre Mutter noch sagen. Eigentlich hatte sie vor, ihre Tochter im Fahrstuhl zu begleiten. Doch der war inzwischen angekommen. Der Schweizer Bankier trat ein, Herr Meyer folgte. Joanna rannte los, ohne auf ihre Mutter zu warten, um noch mit hineinzukommen. Dabei hätte sie um ein Haar vergessen zu humpeln, um ihrer Mutter einen schmerzenden Fuß vorzutäuschen.

Die Tür schloss sich, doch Joanna konnte sich gerade noch durch die Tür quetschen. Die Tür öffnete sich wieder und schloss sich dann erneut.

Joanna drückte nicht die Taste für den ersten Stock. Sie sah an der Leuchtanzeige, dass die Knöpfe für die dritte und vierte Etage bereits gedrückt waren. Klar, dort wohnten der Bankier und Herr Meyer.

Joanna lächelte und nickte freundlich. Das sollte heißen: Dort muss ich auch hin.

Der Fahrstuhl setzte sich in Bewegung. Joanna stand genau zwischen den beiden Männern, die sich keines Blickes würdigten und schwiegen.

›Interessant!‹, dachte Joanna bei sich. Beide Männer taten so, als kennten sie sich nicht und als wären sie sich nie begegnet. Dabei hatten sie vor kaum zwei Stunden noch ein Gespräch in der Botschaft gehabt.

Der Fahrstuhl hielt in der dritten Etage. Der Bankier murmelte eine leise Verabschiedung, so wie man es im Fahrstuhl tat, wenn man sich nicht kannte.

Joanna fuhr mit Herrn Meyer weiter hoch in den vierten Stock. Sie schaute ihn an. Herr Meyer sah weg. Im vierten Stock stiegen beide aus. Herr Meyer ging zu seinem Zimmer, Joanna in die andere Richtung, behielt Herrn Meyer aber im Augenwinkel.

Nachdem er sein Zimmer betreten hatte, piepte Joannas Handy.

Eine Nachricht von Simon:

Wo bist du?

Joanna antwortete:

4. Stock

Simon:

Bleib dort.
Ich komme

Joanna:

Was ist passiert?

Simon:

Erneuter Diebstahl!

Joannas Herz schlug sofort höher! Ob der Dieb noch im Haus war? Am liebsten wäre sie losgerannt, hinüber auf das Baugerüst, um zu schauen, ob man den Dieb von außen sehen konnte. Oder hinauf aufs Dach, über das der Dieb ja wohl immer kam und ging. Vielleicht hätte man ihn dort erwischen können? Stattdessen blieb Joanna im vierten Stock und wartete auf Simon, auch wenn es ihr sehr schwerfiel.

Wieder piepte ihr Handy. Aufgeregt sah Joanna nach ihrer neuen Nachricht. Doch dieses Mal war es nur ihre Mutter.

Wo steckst du?

›Oh Mann, nicht jetzt!‹, dachte Joanna. Doch sie kam nicht umhin zu antworten. Das wusste sie. Sie musste ihrer Mutter eine plausible Antwort liefern, ohne dass diese sich unnötig sorgen würde. Was sollte sie bloß schreiben?

Da kam schon der Fahrstuhl und Simon stürzte heraus.

»Komm!«, rief er ihr zu. »Schnell!«

»Wohin?«

»Hoch! Aufs Dach!«

»Du hast den Dieb gesehen?«

»Ja!«, antwortete Simon.

»WAS? Echt?«, stieß Joanna aus, während sie beide die Treppe hinaufjagten.

Dieses Mal hatte Simon einen Schlüssel für die Dachluke dabei.

»Wo hast du den her?«, fragte Joanna verwundert.

»Na ja, ganz blöd bin ich ja auch nicht«, antwortete Simon. »Ich weiß doch, wo wir den Schlüssel für die Handwerker aufbewahren.«

Simon öffnete die Dachluke und zog die Leiter heraus. Beide rannten hinauf aufs Dach und schauten sich um.

Wieder piepte das Handy.

Joanna! Wo steckst du?

Verdammt, das passte Joanna jetzt gar nicht.

»Wer ist das?«, wollte Simon wissen.

»Nur meine Mutter. Sie macht sich Sorgen. Ich hab gesagt, ich komme gleich ins Zimmer. Jetzt will sie wissen, wo ich bleibe.«

»Na, dann sag es ihr doch«, antwortete Simon grinsend.

»Was? Ich …«, stotterte Joanna.

»Der Page zeigt dir einen fantastischen Blick über Wien!«, diktierte Simon ihr.

Joanna lächelte ihn an. »Gute Idee!«

Joanna schrieb genau das als Nachricht an ihre Mutter.

Dann stutzte sie. »Moment mal! Hast du den Dieb wirklich gesehen? Oder wolltest du nur mit mir hier oben allein sein?«

»Was?«, fragte Simon. »Wie kommst du denn darauf?«

Joanna wurde verlegen. ›Du meine Güte!‹, dachte sie. ›Was hab ich da gesagt?‹

»Äh … nichts«, antwortete sie schnell. »Also, wo ist der Dieb? Siehst du ihn?«

Übertrieben geschäftig schaute Joanna übers Dach.

Simon blickte nur sie an. »Du denkst, ich steh auf dich?«, fragte er schließlich.

»Was?«, stotterte Joanna. Sie spürte, wie ihr Kopf heiß wurde. »Nein … äh … Quatsch!«

»Ist kein Quatsch!«, sagte Simon. »Stimmt nämlich.«

Joanna fiel buchstäblich die Kinnlade herunter. Sie wusste nicht, was sie sagen sollte. Und das sollte bei ihr etwas heißen.

Sie schnappte zweimal nach Luft, atmete tief durch und bemerkte, wie Simon ihr näher kam. Schließlich stotterte sie: »Dann … hatte ich doch recht und … du … hast den Dieb … gar nicht gesehen?«

»Wie?«, fragte Simon. »Doch! Natürlich! Auf einen solchen Trick wäre ich gar nicht gekommen!«

Mit einem Schlag war Joanna wieder bei ihrem Fall. »Und das sagst du erst jetzt?«, rief sie aufgeregt. »Wo denn? Los, wir müssen ihn suchen!«

Joanna schob Simon, der schon recht nah an sie herangerückt war, sanft beiseite und forderte ihn nochmals auf: »Los!«

»Schade!«, sagte Simon leise. Und folgte Joanna.

Sie rannten zur Balustrade an der Vorderseite des Daches, wo sie Richtung Opernhaus alles überblicken konnten.

»Wo hast du den Dieb denn gesehen?«, fragte Joanna.

»Im dritten Stock wohnt eine Geschäftsfrau. Offenbar hat sie heute einen erfolgreichen Tag gehabt. Sie rief von unterwegs an, wir sollten in ihrem Zimmer eine Flasche Champagner bereitstellen«, erzählte Simon. »Na ja, ich betrat mit dem Sektkübel das Zimmer. In dem Moment flüchtete der Dieb aus dem Fenster. Hier, nach vorn raus!«

»WAS?«, rief Joanna. »Du hast den Dieb auf frischer Tat ertappt?«

»Beinahe«, antwortete Simon. »Ich weiß nicht, ob er schon fertig oder gerade gekommen war. Jedenfalls ist er zum Fenster raus. Ich hab meinen Chef informiert, und dann dich.«

Joanna schaute über die Brüstung hinunter – und tatsächlich!

»Dort!«, rief sie und zeigte zur Straße hinunter.

Sie sahen den Dieb. Er war dunkel gekleidet, mit Kapuze und Rucksack. Er lief auf ein bereitstehendes Moped zu, schwang sich darauf, startete es, gab Vollgas und brauste los. Doch das war noch nicht alles. Unmittelbar darauf startete auch der SUV mit quietschenden Reifen und nahm die Verfolgung auf.

»Sieh dir das an!«, rief Joanna. »Die Araber jagen ihn!«

»Oh, Scheiße!«, kommentierte Simon. »Ich möchte nicht in seiner Haut stecken. Denn ich wette, die kriegen ihn.«

Ein wertvoller Fund

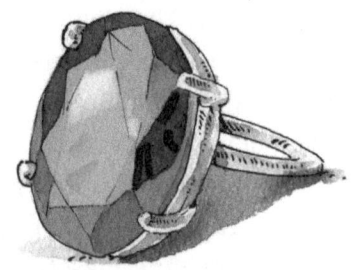

Oben vom Dach konnten Joanna und Simon die Straße wunderbar überblicken. Das Moped bog rechts um die Ecke, vorbei am Café Mozart. Dann konnten Simon und Joanna es nicht mehr sehen.

»Schnell!«, sagte Simon. »Auf die andere Seite.«

Die beiden rasten hinüber und sahen auf der anderen Seite auf die kleine Seitenstraße hinunter, zu der auch der Hinterausgang des Hotels führte und wo das Baugerüst stand. Sie sahen, wie das Moped durch die kleine Straße raste.

»Da!« Joanna zeigte mit dem Finger auf etwas. »Hast du das gesehen?«

»Nein!«, antwortete Simon. »Was?«

Der SUV bog mit quietschenden Reifen in die Straße ein und gab sofort wieder Vollgas. Das Moped bog am Ende der kleinen Straße links ab und damit aus dem Blickfeld von Simon und Joanna. Der SUV raste hinterher.

»Der Dieb hat etwas in den Container dort geworfen!«, rief Joanna aufgeregt.

»Was? Wo?«, fragte Simon irritiert.

»Na, dort! In den Bauschuttcontainer, der am Baugerüst steht!«, antwortete Joanna.

»Das hab ich nicht mitbekommen«, gestand Simon und fragte zweifelnd nach: »Bist du sicher?«

»Natürlich bin ich mir sicher!«, beharrte Joanna. »Als er aufs Moped gesprungen ist, trug er noch einen Rucksack. Aber am Ende der Straße, wo er abgebogen ist, nicht mehr. Ist dir das nicht aufgefallen?«

Simon schüttelte den Kopf. »Nein. Darauf hab ich ehrlich gesagt nicht geachtet!«

»Die Verfolger wohl auch nicht«, stellte Joanna fest. »Oder sie interessieren sich gar nicht für seine Tasche, sondern nur für den Dieb selbst.«

»Wieso wirft der Dieb seine Beute dann fort?«, fragte Simon.

»Gute Frage«, gab Joanna zu. »Offenbar weiß er nicht, was die Verfolger von ihm wollen. Er hält den SUV vielleicht für die Kriminalpolizei und wollte die Beute loswerden, damit man ihm keinen Diebstahl nachweisen kann. Er spekuliert darauf, dass sie ihn wieder laufen lassen müssen. Dann kann er sich in aller Ruhe seine Beute zurückholen. Bis morgen früh um sieben oder acht Uhr geht doch niemand an den Container.«

»Gar nicht dumm«, kommentierte Simon. »Der wird sich aber wundern, wenn er merkt, dass er gar nicht die Polizei am Hals hat, sondern ganz andere Leute.«

»Die vermutlich nicht zimperlich mit ihm umgehen werden, wenn sie ihn erwischen«, malte sich Joanna aus. »Komm, wir sehen im Container nach!«

Simon seufzte, sagte dann aber: »Okay!«

Joanna stutzte. » Was ist? Interessiert dich die Beute nicht?«

»Doch! Klar!«, versicherte Simon. »Aber du hast mich auf eine

Idee gebracht. Mit dir allein hier oben auf dem Dach, so friedlich über die Stadt und in den Sternenhimmel zu gucken, das wär bestimmt schön.«

Joanna errötete erneut, schaute kurz beiseite, ihm dann aber selbstbewusst in die Augen. »Das kann ich mir auch gut vorstellen«, antwortete sie sanft. »Das können wir ja vielleicht noch nachholen. Morgen.« Sie drückte ihm ein flüchtiges Küsschen auf die Wange, sagte dann schnell »Komm!« und ging eilig zur Treppe.

Simon legte die Finger auf seine Wange, streichelte leicht darüber und lächelte.

»Wo bleibst du denn?«, rief Joanna ihm zu.

Simon lief ihr nach.

Wenige Minuten später standen sie vor dem Baucontainer, dessen Wände höher waren als ihre Körpergröße. Nicht mal, wenn sie sich auf Zehenspitzen stellten, konnten sie hineinschauen.

»Mist«, sagte Joanna. »Wir müssen reinklettern. Räuberleiter?«

»Was ist eine Räuberleiter?«, fragte Simon.

Joanna zeigte es ihm, indem sie ihre Hände so faltete, dass sie eine Trittleiter bildeten.

»Ah, verstehe«, sagte Simon und machte es Joanna nach. Sie stieg mit einem Fuß in seine Hände, und Simon hievte sie hoch, bis Joanna am oberen Rand der Containerwand in die Stütze kam und hinüberklettern konnte.

»Es gibt ein Problem«, sagte sie zu Simon, der auf der Straße stand und sich immer wieder zu allen Seiten umsah. »Wenn ich in den Container hineinspringe, komme ich alleine nicht wieder heraus. Er ist zu leer und der Boden zu tief.«

»Dann musst du mich hochziehen«, erklärte Simon. »Ich bleibe oben sitzen und kann dich dann wieder hinaufziehen.«

Er reichte ihr seine Hand. Joanna setzte sich rittlings auf die

Kante, hielt sich zusätzlich mit einer Hand fest und griff mit der anderen hinunter zu Simons ausgestreckter Hand. Joanna zog mit aller Kraft. Simon half, indem er sich mit beiden Füßen so abstützte, als wollte er die Wand hochlaufen. So schaffte Joanna es, ihn zumindest so weit hinaufzuziehen, dass Simon mit seiner freien Hand über den Rand greifen und sich mit einem Klimmzug selbst weiter hochziehen konnte. Bald saß er – ebenfalls rittlings – neben ihr.

»Okay, jetzt kannst du reinspringen«, sagte er. »Hast du den Rucksack denn schon gesehen?«

Joanna zeigte auf ein eingestaubtes Bündel zwischen dem Schutt. »Dort liegt er. Okay, bei drei.«

Während Joanna zählte, hielt sie nach einer Stelle Ausschau, wo sie am leichtesten und ungefährlichsten landen konnte, ohne sich dabei allzu schmutzig zu machen. Denn dann würde ihre Mutter wieder nachfragen, wo sie gewesen sei.

Bei »drei« sprang Joanna ab – und landete deutlich härter, als sie gedacht hatte.

»Au!«, schrie sie auf.

»Was ist?«, fragte Simon besorgt. »Hast du dir wehgetan?«

»Geht schon!«, antwortete Joanna, obwohl sie das noch gar nicht sagen konnte. Mit den Handflächen hatte sie sich unfreiwillig auf alten verbogenen Eisenstangen und einem eisernen Gitternetz abgestützt, das sie in dem Staub und Geröll des Betonabfalls nicht gesehen hatte. Jetzt untersuchte sie ihre Hände. An der rechten Innenfläche hatte sie einige Hautabschürfungen davongetragen. Aus einer Schramme tropfte etwas Blut.

»Mist!«, fluchte Joanna.

»Was?«, fragte Simon.

»Nichts«, schwindelte Joanna. Sie drehte sich ein wenig von Simon weg, damit er nicht sah, wie sie sich die Blutstropfen von der Handfläche leckte. Gleichzeitig fischte sie mit der linken Hand ein Papiertaschentuch aus ihrer Hosentasche und legte es sich als Pflasterersatz auf die lädierte Handfläche.

Der Rucksack lag etwas weiter weg. Joanna stakste durch den Bauschutt, griff sich die Tasche mit der heilen, linken Hand und stakste zurück. Sie hielt den Rucksack in die Höhe, Simon entgegen. »Halt mal!«

Simon nahm den Rucksack und setzte ihn sich auf den Rücken, um gleich wieder die Hände frei zu haben. Dann beugte er sich so weit wie möglich hinunter und reichte Joanna seine Hand zum Aufstieg. Joanna reichte ihre rechte Hand empor.

»Vorsicht!«, warnte sie. »Die Hand ist etwas blutig.«

»Was?« Simon schreckte zurück.

»Was ist los mit dir?«, fragte Joanna. »Kannst du kein Blut sehen?«

»Du hast gesagt, dir ist nichts passiert!«, erinnerte Simon sie mit einer Mischung aus Vorwurf und Besorgnis.

»Ist mir ja auch nicht«, versicherte Joanna ihm. »Nur 'ne kleine Schramme.«

»Nur eine kleine *blutende* Schramme!«, korrigierte Simon.

Joanna lachte. »Hast du Angst um deine Hotel-Uniform?«

»Nein, um dich«, antwortete Simon ernst.

Erneut beugte er sich hinunter und streckte ihr seine Hand entgegen. Dabei sah er, wo genau sich Joanna verletzt hatte.

»Ich fass dich am Handgelenk an, dann komme ich nicht an deine Wunde. Du brauchst nicht zuzugreifen. Schone deine Handfläche. Ich schaff es auch so, dich hochzuziehen.«

»Oh«, sagte Joanna amüsiert. »Bist du sooo stark?«

»Nein«, antwortete Simon, als Joanna schon fast bei ihm oben war. »Aber du so leicht und dünn.«

»Ich bin nicht dünn, ich bin schlank«, stellte Joanna richtig.

»Oh, sorry«, entschuldigte sich Simon. Es war ihm peinlich, Joanna möglicherweise beleidigt zu haben.

Joanna hatte wieder ihre Position oben auf dem Rand eingenommen.

»Ich springe zuerst, dann kann ich dich unten auffangen«, bot Simon ihr an.

»Oh, Kavalier der alten Schule?«, fragte Joanna amüsiert.

»Nö«, sagte Simon. »Junger Hotelpage. Und du bist schließlich Hotelgast.«

Joanna lachte. »Okay. Aber ich kann allein springen. Bei drei.«

Beide sprangen gleichzeitig ab und kamen wohlbehalten unten an. Joanna klopfte sich den Bauschutt aus den Klamotten.

»Und jetzt?«, fragte Simon.

»Schauen wir uns an, was der Dieb im Rucksack hat«, schlug Joanna vor. »Gibt's irgendwo ein Plätzchen, wo wir ungestört sind?«

Simon nickte. »Es gibt einen großen Fitnessraum im Hotel. Der ist um diese Uhrzeit immer leer. Die Gäste sind entweder geschäftlich unterwegs oder schlagen sich nebenan im Café die Sahnetorten rein, statt zu trainieren. Die meisten Hotelgäste haben eh kein Sportzeug dabei.«

»Dann ab zum Sport!«, antwortete Joanna lachend. »Das kann ich auch getrost meiner Mutter schreiben. Ist ja nicht mal gelogen. Und in den Fitnessraum kommt meine Ma nun ganz bestimmt nicht.«

Joanna gab die Nachricht gleich durch. Dann gingen die beiden durch den Hintereingang ins Hotel und direkt weiter in den Fitnessraum.

»Musst du nicht arbeiten?«, fragte Joanna, als sie dort ankamen.

Simon schenkte ihr wieder ein bezauberndes Lächeln. »Ich arbeite doch. Ich bin Hotelpage. Und du Gast. Deine Wünsche sind mir Befehl!«

Joanna lachte. »Okay. Eine Riesen-Cola mit Eis und Zitrone bitte.«

Simon stutzte und überlegte wohl für einen Moment, ob Joanna es ernst meinte.

Doch Joanna kicherte. »Quatsch. Öffne den Rucksack.«

Obwohl sie allein im Fitnessraum standen, verzogen sie sich in die hinterste Ecke, wo sie zusätzlich hinter einigen Laufbändern vor neugierigen Blicken geschützt waren. Langsam, fast schon ehrfürchtig öffnete Simon die Schnallen des Rucksacks, stellte ihn auf den Kopf und schüttete den Inhalt auf den Boden.

»Wow!«, schrie Joanna auf.

Sie war zwar darauf gefasst gewesen, was der Rucksack zutage bringen würde. Aber jetzt, wo so viele teure, funkelnde Juwelen vor ihr auf dem Boden verteilt waren, so wie früher die Lego-Steine in ihrem Kinderzimmer, war sie doch beeindruckt. Sie griff nach einem Collier, das sie zwar nicht so schön fand wie das ihrer Mutter, aber vermutlich war es deutlich wertvoller. Es blinkte nur so vor lauter Brillanten. Des Weiteren fanden sich Uhren, Armbänder, Ohrringe, Ketten und weitere Colliers in dem Beutehaufen.

»Ich hab keine Ahnung von Schmuck«, räumte Simon ein. »Aber ich vermute, der Haufen hier ist Zigtausende wert.«

»Das schätze ich auch«, hauchte Joanna ehrfurchtsvoll.

In dem Augenblick hörten sie ein Geräusch.

»Da kommt jemand!«, warnte Simon.

»Verdammt! Du hast doch gesagt, hier kommt um diese Zeit nie jemand hin!«, fluchte Joanna.

»Ich kann ja auch nicht immer alles wissen«, entschuldigte sich Simon.

»Los, los!«

Joanna raffte die feinen Juwelen zusammen und steckte sie in den Rucksack zurück. Simon half ihr hastig. Gerade verschwand der letzte Ohrring wieder im Rucksack, da kam schon ein Hotelgast in Sportkleidung auf sie zu.

»Hello!«, grüßte er auf Englisch.

Joanna betrachtete den Mann mit kritischem Blick. Kannte sie ihn? Gehörte er vielleicht auch zu den Männern, die Herr Meyer getroffen hatte? Oder handelte es sich wirklich nur um einen harmlosen Hotelgast? Joanna konnte sich nicht erinnern, ihn schon mal gesehen zu haben. Sie schätzte sein Alter auf vielleicht sechzig Jahre oder sogar noch älter. Der Mann hatte eine Halbglatze mit grauem Haarkranz, einen recht dicken Bauch und so schlaffe Muskeln, dass er bestimmt nicht regelmäßig Sport trieb. Also doch nur eine Tarnung? War er wegen des Rucksacks hier?

›Nein, unmöglich!‹, dachte Joanna. Wie hätte er davon wissen sollen? Selbst wenn er sie draußen am Container beobachtet hatte, hätte er nicht wissen können, dass sie hierher, in den Fitnessraum gegangen waren. Der Mann trug ein schlichtes weißes Schlabber-T-Shirt, dazu eine ebenso weite schwarze Sporthose, weiße Tennissocken und weiße Sportschuhe, wie man sie auch zum Tennisspielen tragen konnte.

Das alles wirkte auf Joanna echt.

Der Mann stieg auf eines der Laufbänder, schaltete es auf ein Spaziergang-Tempo und legte gemächlich los. Obwohl er vermutlich nur Englisch sprach, sagte Simon übertrieben laut zu Joanna: »Gut, das ist also der Fitnessraum. Den darf man unter achtzehn Jahren aber nur in Begleitung von Erwachsenen benutzen. Aus Sicherheitsgründen, weil hier unten kein Trainer zur Verfügung steht.«

Joanna begriff sofort, dass Simon den Eindruck erwecken wollte, dass er als Page Joanna den Raum zeigte. Sie spielte entsprechend mit. »Aha. Dann weiß ich Bescheid. Vielen Dank!«

Simon warf sich den Rucksack auf den Rücken und sie verließen den Fitnessraum. Draußen vor der Tür blieben sie kurz stehen und lauschten, ob drinnen das Laufband noch lief. Das tat es, aber das bedeutete nicht viel. Schließlich konnte man es auch weiter laufen lassen, wenn man es nicht mehr benutzte.

Dennoch gaben die beiden sich erst einmal zufrieden und gingen weiter.

»Was machen wir jetzt mit dem Schmuck?«, fragte Simon.

Joanna wusste es so spontan auch nicht. »Erst mal in den Hotelsafe legen?«

Simon schüttelte den Kopf. »Nein, dann fragt sofort jemand nach, was und warum ich dort etwas hineinlegen will. Wollen wir es nicht zur Polizei bringen oder meinem Chef geben? Dann kann er den Schmuck an die Gäste zurückgeben!«

Joanna biss sich leicht auf die Unterlippe und überlegte. »Die Polizei würde sicher danach fragen, wo wir den Rucksack herhaben. Dein Chef sicher auch, oder nicht?«, fragte sie.

»Doch, natürlich«, bestätigte Simon.

»Und was sollen wir dann antworten?«, fragte Joanna ihn. »Wir haben den Schmuck aus einem Baucontainer gefischt, nachdem wir dem Dieb auf eigene Faust hinterhergejagt sind?«

»Bloß nicht!«, antwortete Simon entschieden. »Aber was dann? Wir können die Juwelen ja wohl schlecht behalten.«

»Natürlich nicht!«, stellte Joanna klar. Sie überlegte wieder und fragte schließlich: »Habt ihr eine Liste, welcher Gast welche Gegenstände als gestohlen gemeldet hat?«

»Na klar«, sagte Simon. »Die hat mein Chef in seinem Büro.«

»Wenn wir die hätten, könnten wir jedem heimlich die Juwelen zurück ins Zimmer legen.«

Jetzt überlegte Simon. »Eigentlich keine schlechte Idee«, meinte er, allerdings etwas zögerlich.

»Aber …?«, fragte Joanna nach.

»Ich möchte nicht wieder in ein Zimmer hineinplatzen, in dem der Gast gerade duscht«, antwortete Simon. »Das würde mich dann womöglich wirklich den Job kosten.«

Joanna verstand. »Aber wir können auch schlecht den Nikolaus spielen und den Leuten die Juwelen vor die Tür legen«, sagte sie. Sie merkte an Simons Reaktion, dass er die Idee gar nicht so übel fand. Deshalb fügte sie schnell an: »Dann würden die womöglich gleich ein zweites Mal geklaut werden. Und dieses Mal vielleicht auch von anderen Menschen. Gelegenheit macht Diebe!«

Diesen Spruch kannte Simon auch.

»Okay«, räumte er ein. »Wenn wir gut aufpassen, kann es funktionieren, den Gästen den Schmuck zurückzugeben. Aber da gibt es noch ein Problem: Wir müssen im Büro meines Chefs einbrechen, um an die Liste heranzukommen. Denn die ist natürlich eingeschlossen. Vermutlich in seinem Schreibtisch.«

»Oh Mann!«, stöhnte Joanna. »Da haben wir ja einiges zu tun. Wann wäre es denn am günstigsten?«

»Um 19 Uhr«, schlug Simon vor. »Da steht mein Chef vorn am Empfang. Und die meisten Gäste gehen dann irgendwohin zum Abendessen. Ich kann unten an den Schlüsseln ja ablesen, wer da ist und wer nicht.«

»Ausgezeichnet«, antwortete Joanna. »Dann treffen wir uns um 19 Uhr hier. Vorher muss ich sehen, wie ich mich von meinen Eltern loseisen kann.«

»Und was machen wir bis dahin hiermit?« Simon nahm den Rucksack vom Rücken und hielt ihn ihr hin.

Joanna betrachtete ihn und dachte kurz nach. Und schon hatte sie wieder eine Lösung parat. »Der kommt mir wie gerufen. Ich nehme ihn mit. Der ist gleichzeitig mein Alibi für meine Eltern.«

Nachricht vom Dieb!

»Was ist denn das für ein Rucksack?«, fragte ihre Mutter, kaum dass Joanna ins Zimmer getreten war.

»Da ist mein Sportzeug drin«, antwortete Joanna lässig, ging zu ihrem Bett und warf den Rucksack achtlos darauf.

»Sportzeug?«, fragte ihre Mutter verdutzt. »Du hast doch gar kein Sportzeug mitgenommen.«

»Eben!«, antwortete Joanna. »Deshalb hat der nette Page mir ausgeholfen. Er hat eine Schwester in meinem Alter und mir Sportzeug von ihr ausgeliehen.«

Finn, der mit seinem Vater schon einige Zeit vom Café zurück war, lag auf seinem Bett und legte sein Tablet mit dem Computerspiel beiseite.

»Echt? Zeig mal!« Er sprang auf und wollte sich den Rucksack schnappen.

»Hey, Finger weg!«, blaffte Joanna ihn an. Schnell warf sie eine Decke über den Rucksack.

»Stell dich doch nicht so an«, maulte Finn.

Joanna versuchte, ihm ein Zeichen zu geben, indem sie mit den

Augen rollte. Aber Finn verstand natürlich nicht. Offenbar hatte er den Fall, an dem sie dran waren, schon vollkommen vergessen.

»Wieso hat er dir das Sportzeug ausgeliehen?«, fragte Joannas Mutter nach.

»Weil ich mich mit ihm heute um 19 Uhr verabredet habe. Im Fitnessraum.«

»Du willst heute Abend Sport machen?«, fragte ihre Mutter verwundert. »Wir wollten doch alle zusammen essen gehen.«

»Och, Mama. Essen kann ich zu Hause auch. Aber wenn das Hotel schon einen Fitnessraum hat. Zu Hause darf ich ja noch gar nicht Mitglied in einem Fitness-Center werden. Das geht erst ab achtzehn.«

»Du könntest in einen Sportverein eintreten«, schlug ihr Vater vor.

Joanna machte eine vorwurfsvolle Miene, die ausdrückte: Wirklich? So etwas schlägst du mir ernsthaft vor?

»Darf man in den Fitnessraum des Hotels nicht auch nur in Begleitung Erwachsener?«, fragte Finn.

Er hatte Glück, dass er nicht neben Joanna stand, sonst hätte sie ihm jetzt kräftig gegen das Schienbein getreten.

Ihre Eltern sahen sich an. Und ihre Mutter fragte: »Ja, das stimmt.«

»Deshalb ist ja Simon ... ich meine, der Page, dabei. Der ist vom Haus und darf das.«

»Sooo«, sagte ihre Mutter bedeutungsvoll. »Simon!«

Joanna rollte mit den Augen.

Ihr Vater schmunzelte.

»Wie lange geht denn dein Sport?«, fragte ihre Mutter noch. »Ich meine, wir könnten ja auch eine Stunde später essen gehen.«

»Äh ... nein ... geht ihr man allein!«, antwortete Joanna.

»Ja!«, rief Finn. »Ich hab immer früh Hunger!«

Mutter seufzte. »Na schön. Aber eigentlich hatte ich mir unseren Familienausflug anders vorgestellt.«

»Mama, ich bin fünfzehn! Da kann ich doch mal etwas für mich machen!«

»Du bist vierzehn!«

»Vierzehn drei viertel!«

»Na schön«, wiederholte ihre Mutter seufzend.

Sie ging in die Dusche, während ihr Vater den Katalog einer aktuellen Kunstausstellung in Wien durchblätterte und über Kopfhörer seine Lieblingsmusik hörte. Finn und Joanna blieben auf ihren Betten.

»Bist du eigentlich vollkommen verblödet, du Zwerg?«, fauchte Joanna Finn leise an.

»Wieso denn?« Ihr Bruder wich erschrocken zurück.

»Glaubst du ernsthaft, ich mache heute Abend Sport, oder was?«, fragte Joanna.

»Etwa nicht?«, fragte Finn unbedarft.

Joanna ließ ihren Blick zum Himmel fahren. »Hast du vergessen, das wir an einem Fall dran sind? Diebstahl! Schon mal gehört? Und ein seltsamer Geschäftsmann im Hotel, der verschweigt, dass er bestohlen wurde. Und ein Dieb, den Simon um ein Haar auf frischer Tat ertappt hätte!«

»Was?« Finn fuhr in eine aufrechte Sitzposition hoch. »Er hat den Dieb … ertappt?«

»Psst!«, ermahnte ihn Joanna mit einem Seitenblick zu ihrem Vater. »Ja, das hat er.«

Sie schlug die Bettdecke zurück, unter dem der Rucksack lag, öffnete ihn und ließ Finn hineinschauen. Der bekam große Augen, als er sah, was ihm aus der Tasche entgegenblinkte. Sein Mund stand sperrangelweit offen. Und für einen Moment brachte er keinen Ton heraus. Doch dann rief er: »Wow!«

»Pssst!« Joanna legte jetzt einen Finger auf den Mund. »Bist du verrückt? Mama und Papa dürfen davon nichts erfahren.«

»Woher habt ihr den Schmuck?«, fragte Finn flüsternd.

Joanna erzählte ihm in kurzen Stichworten, wie sie an den Rucksack herangekommen waren, und erläuterte ihm ihren Plan, den Schmuck zurückzugeben.

»Oh Mann!«, stieß Finn aus. »Das wird aufregend.«

»Ja«, stimmte Joanna ihm zu. »Aber für mich, nicht für dich.«

»Was?«, empörte sich Finn. »Wieso …?«

»Weil du mit Mama und Papa essen gehst«, stellte Joanna klar. »Schon vergessen?«

»Nein!«, versuchte Finn sich zu wehren. »Aber ich …«

»Nix aber!«, schnitt Joanna ihm das Wort ab. »Du kannst ja jetzt wohl schlecht noch absagen. Das mache ich allein.«

»Allein?«, wiederholte Finn schnippisch. »Du meinst, wohl lieber mit Simon als mit mir!«

»So gesehen …«, räumte Joanna ein. »Stimmt!«

»Oh Mann!«, schimpfte Finn.

»Sag mal, Finn?«, meldete sich ihr Vater, indem er die Kopfhörer abnahm und den Katalog beiseitelegte.

Blitzartig warf Joanna wieder die Decke über die Juwelen, bevor der Vater sich ihnen ganz zuwandte.

»Ja?«, antwortete Finn.

»Wir wollen nachher in einen Heurigen gehen. Hast du Lust mitzukommen?«, fragte sein Vater.

»Was ist das denn?«, wunderte sich Finn, während Joanna bemerkte, dass ein Teil des Schmucks aus dem Rucksack gepurzelt war. Ein Brillant-Collier schaute unter der Decke hervor und ein mit Diamanten besetzter Ohrring war ihr vor die Füße gefallen.

»Das ist ursprünglich ein bestimmter Weinausschank«, erläuterte ihr Vater.

Joanna setzte vorsichtig ihren Fuß auf den Ohrring und rückte sich so auf dem Bett zurecht, dass sie vor dem Collier saß und es hinter ihrem Rücken unter die Decke schieben konnte.

»Heutzutage nennt sich aber eigentlich jede Art von Gastwirtschaft in Österreich so. Also übersetzt: eine typische österreichische Gaststätte«, erklärte ihr Vater weiter. »Also, Lust darauf? Dann rufen wir an und bestellen einen Tisch.«

»Was gibt's denn da?«, wollte Finn wissen.

Joanna blickte Finn an und schüttelte den Kopf. Statt dass er einfach zusagte, fing er eine Diskussion mit ihrem Vater an. Und das, während sie auf einem Haufen Juwelen im Wert von mehreren Zigtausend Euro saß, die ihr Vater auf keinen Fall entdecken durfte. Am liebsten hätte Joanna eine der mit Diamanten besetzten Halsketten genommen und ihren Bruder damit erwürgt!

»Echtes Wiener Schnitzel«, antwortete sein Vater.

Finn lachte. »Gibt es auch unechtes?«

»Finn!«, zischte Joanna. Hatte er nichts Besseres zu tun, der Klotzkopf? Sie betete, dass ihr Vater nichts bemerkte und sich so schnell wie möglich wieder von ihnen abwandte. Aber ihr blöder Bruder zog das Gespräch ein ums andere Mal in die Länge.

»Was denn?« Finn war sich mal wieder keiner Schuld bewusst.

»Natürlich gibt es auch unechtes«, fuhr Joanna ihn an. »Das unechte ist ein Schweineschnitzel. Ein echtes Wiener Schnitzel ist aus Kalbfleisch. Das weiß doch jedes Kind!«

»Joanna hat recht«, stimmte ihr Vater zu. »Und genau genommen muss ein Wiener Schnitzel auch aus Wien kommen. So ähnlich wie Champagner aus der Champagne kommen muss, sonst ist es einfach nur Sekt.«

»Ach«, sagte Finn. »Und Hamburger kommen immer aus Hamburg?«

»Quatsch!«, fuhr Joanna ihn an.

Ihr Vater lachte und verschwand nun auch im Bad.

Endlich!

Joanna wartete noch ein bisschen ab, dann war sie tatsächlich kurz davor, ihrem Bruder an die Gurgel zu gehen.

»Mann, hast du noch alle Tassen im Schrank?«, schnauzte sie ihn an. Sie schlug die Decke zurück und zeigte auf das Collier und den Ohrring am Boden. »Soll Papa das etwa sehen? Wieso hältst du ihn so lange auf?« Schnell ließ sie die beiden Schmuckstücke im Rucksack verschwinden.

»Ich …« Finn seufzte nur, anstatt sich zu verteidigen. Es würde ja eh nichts nützen. »Was meinst du, was der ganze Kram zusammen wert ist?«, fragte er, um von sich abzulenken.

»Woher soll ich das wissen?«, antwortete sie. »Aber bestimmt mehrere Zehntausend Euro.«

»Irre!«, fand Finn. »Ihr habt einen echten Schatz gefunden!«

»Wenn du es so nennen willst«, sagte Joanna nüchtern. »Aber heute Abend werden wir den Schatz an seine rechtmäßigen Besitzer zurückgeben.«

»Viel Glück!«, sagte Finn. Obwohl er immer noch gern dabei gewesen wäre. Andererseits: Ein echtes Wiener Schnitzel mit Pommes frites war auch nicht schlecht.

Um Punkt sieben Uhr abends stand Joanna vor der Tür zum Fitnessraum. Sie sah auf die Uhr, aber von Simon war noch nichts zu sehen.

Doch dann kam er endlich, mit fünf Minuten Verspätung.

»Mensch, wo bleibst du denn?«, fragte Joanna. »Ich hab dich doch schon angesimst.«

»Ich weiß«, antwortete Simon. »Ich bin im Dienst, sonst würde ich gar nicht an die Schlüssel herankommen. Aber ich habe eine gute Nachricht.«

Er griff in die Tasche und zog eine kopierte Liste hervor. »Das ist die Auflistung der Diebstähle hier im Hotel.«

»Wow!«, freute sich Joanna. »Wie hast du die bekommen?«

»Mein Chef hat mich in sein Büro gerufen«, erklärte Simon, »wegen eines Sonderwunsches eines Gastes, um den ich mich kümmern sollte. Kaum aber war ich bei ihm, wurde er weggerufen. Ich sollte in seinem Büro warten. Na ja, jedenfalls ging er, und ich dachte, ich sehe nicht recht. Da lag die Liste offen auf seinem Schreibtisch. Vermutlich hatte er sich gerade damit beschäftigt. Ich hab sie blitzschnell abfotografiert und dann bei uns unten im Büro ausgedruckt. Da musste ich natürlich auch erst mal warten, dass mich keiner sieht. Deshalb bin ich auch so spät gekommen.«

»Gut gemacht!«, sagte Joanna und strahlte ihn an. »Jetzt brauchen wir wenigstens nicht ins Büro deines Chefs einzubrechen.«

»Nein«, antwortete Simon. »Nur noch in die Zimmer von fünf Gästen.«

»Aber denen bringen wir ja etwas.« Joanna lächelte. »Komm, legen wir los.«

»Okay«, stimmte Simon zu. »Fahr du in die erste Etage und warte dort auf mich. Ich gehe zum Empfang und sehe nach, welche Schlüssel dort sind. Dann wissen wir, wer von den Gästen gerade nicht in seinem Zimmer ist.«

Simon nahm die Treppe ins Erdgeschoss, Joanna den Fahrstuhl in die erste Etage. Der Flur war leer, was ihr sehr angenehm war. Andererseits stand sie ein bisschen verloren herum, fand sie. Und wenn ein Gast käme, würde der sich vielleicht wundern und nachfragen.

Joanna überlegte, was sie dann antworten sollte. In dem Moment öffnete sich die Tür ihres eigenen Zimmers. Himmel! Daran hatte sie ja überhaupt nicht mehr gedacht. Klar, sie wohnten selbst im ersten Stock. Das hatte sie nicht vergessen, als sie sich mit Simon hier verabredet hatte. Aber sie hatte vergessen, dass ihre Eltern mit Finn essen gehen wollten. Um 19 Uhr 30! Das bedeutete: Sie verließen jetzt ihr Zimmer! Und natürlich würde ihre Mutter sofort nachfragen, wieso sie nicht unten beim Sport war. Zum Glück war Finn der Erste, der aus dem Zimmer trat.

Er sah seine Schwester und wollte gerade nach ihr rufen, doch Joanna hielt schnell ihren Zeigefinger auf den Mund. Er sollte bloß still sein!

Finn begriff und schloss seinen Mund wieder.

Joanna rannte los und huschte durch die Tür in den Treppenaufgang.

›Gerade noch geschafft!‹, dachte sie. Sie amtete tief durch, als ihr einfiel, dass ihre Mutter gerne die Treppe nahm, weil sie fand, von der ersten Etage aus lohnte es sich nicht, mit dem Aufzug zu fahren.

Oh, verdammt!

Schnell huschte Joanna die Treppe hinauf in die zweite Etage. Kaum war sie in der Zwischenetage um die Ecke verschwunden, hörte sie schon, wie sich unter ihr die Tür öffnete und alle drei – Mutter, Vater und Finn – das Treppenhaus betraten. Joanna konnte ihren Bruder zwar nicht sehen, aber sie war sicher, dass er sich heimlich nach ihr umsah. Schließlich hatte er ja mitbekommen, wie Joanna hierher geflüchtet war.

»Ist das Taxi schon da?«, fragte Finn so laut, dass Joanna es auf jeden Fall hören konnte.

»Nein!«, antwortete seine Mutter. »Wir fahren mit der U-Bahn.«

»Okay!«, sagte Finn.

Damit wusste Joanna, dass die Gefahr noch nicht endgültig gebannt war. Vater oder Mutter konnten jederzeit unverhofft zurückkehren, weil sie vielleicht etwas vergessen hatten. Bei ihrem Vater war die Wahrscheinlichkeit dafür recht hoch. Jeden Moment aber würde Simon in die erste Etage kommen und sie suchen. Joanna musste zurück.

Vorsichtig schaute sie übers Treppengeländer. Von ihrer Familie sah und hörte sie nichts. Also traute sie sich, ein paar Stufen hinunterzugehen, blieb stehen, sah erneut übers Geländer hinunter, lauschte – und hörte Schritte auf der Treppe. Kam ihr Vater zurück? Aber würde der, wenn er etwas vergessen hatte, nun nicht den Aufzug nehmen? Nach ihrer Mutter klangen die Schritte auch nicht. War das etwa Finn? Die Schritte gingen recht schnell. Insofern könnte das schon sein.

Joanna lugte vorsichtig übers Geländer. Da kam jemand die Treppe hoch. Er trug einen schwarzen Hoodie, die Kapuze über den Kopf gezogen, sodass Joanna von oben weder Kopf noch Haare und schon gar kein Gesicht erkennen konnte. Joanna tippelte noch ein paar Stufen abwärts, um besser sehen zu können. Nein, das war nicht Finn. Der trug einen solchen Hoodie nicht, und auch eine andere Hose. Also: schnell weg von hier!

Sie lief den Rest der Treppe hinunter, geradewegs auf die Tür zu, die zum Flur führte. Da war der Fremde schon auf dem Treppenabsatz, machte einen großen Sprung auf Joanna zu, packte sie am rechten Handgelenk und verdrehte ihr den Arm. Dabei stieß er Joanna so rabiat von sich, dass sie mit dem Hinterkopf hart gegen die Wand knallte.

Joanna quiekte auf vor Schmerz, sackte in die Knie, rutschte mit dem Rücken an der Wand in eine Hockstellung und hielt sich mit beiden Händen den Schädel.

»Auuuuu!«, jammerte sie und versuchte, ihre Tränen zu unterdrücken.

»Ich will meinen Rucksack zurück!«, verlangte der Fremde.

Joanna erschrak und sah auf. DAS war der Dieb? Der Rucksack mit den Juwelen war ihr seitlich von der Schulter gerutscht, weil sie ihn nur über einen Arm getragen hatte. Jetzt lag er neben ihr. Joanna griff danach und schob ihn hinter sich. Dann betrachtete sie den Dieb. Es war ein Jugendlicher! Bestimmt nicht älter als Simon. Mit langen blonden Haaren!

»Gib mir meinen Rucksack!« Der Junge streckte fordernd seine Hand aus.

Seltsamerweise verlor Joanna schnell die Angst, die sie im Moment des Überfalls empfunden hatte. Er war kaum älter als sie selbst, und soweit sie es erkennen konnte, hatte er keine Waffe bei sich.

»Du spinnst wohl!«, warf sie ihm an den Kopf. »Wie hast du mich überhaupt aufgespürt?«

»Das geht dich nichts an!«, blaffte er Joanna an. »Her mit meinem Rucksack.«

Er ging einen Schritt auf Joanna zu, um sich den Rucksack zu nehmen. Doch die hielt ihn weiterhin hinter ihrem Rücken versteckt, schnellte aus ihrer gehockten Position hoch und stellte sich aufrecht vor ihn. Zufrieden registrierte sie, dass sie mindestens gleich groß waren.

»Fass mich bloß nicht noch mal an!«, fauchte sie ihn scharf an und gab ihm einen kräftigen Stoß gegen den Brustkorb.

Dadurch, dass er nicht auf diese Attacke vorbereitet war, wankte er tatsächlich eineinhalb Schritte zurück. Gerade wollte er zum Gegenangriff ansetzen, da öffnete sich hinter ihm die Tür vom Treppenhaus, sodass sie gegen seinen Rücken schlug.

Der Dieb quiekte kurz auf, machte einen Schritt zur Seite und Simon trat ins Treppenhaus.

»Hier bist du!«, sagte er und blickte dann irritiert auf den fremden Jungen.

Bevor er fragen konnte, nutzte Joanna die Gelegenheit: »Das ist er, der Dieb! Ruf den Sicherheitsdienst. Schnell!«

Ganz offenbar hatte der Dieb nicht damit gerechnet, auf eine zweite Person zu stoßen. Sein Plan schien gewesen zu sein, Joanna zu überwältigen, sich seinen Rucksack zurückzuholen und abzuhauen. Jetzt sah er sich mit einem Hotelangestellten konfrontiert, der ihm körperlich wohl mindestens ebenbürtig war. Plus einem Mädchen, das sich nicht einschüchtern ließ und gewillt zu sein schien, den Rucksack bis aufs Letzte zu verteidigen.

Simon griff zu seinem Handy.

Instinktiv sprang der Dieb auf ihn zu und griff nach seinem Handgelenk.

Simon stieß ihn mit der anderen Hand von sich. Dieses Mal war der Dieb es, der nach hinten torkelte und gegen die Wand rammte. Im Vergleich zu Simon war er ein wirkliches Leichtgewicht. Simon tippte weiter auf seinem Smartphone.

»Nicht!«, rief der Junge. »Du bekommst deinen Familienschmuck zurück, wenn ihr mir den Rucksack gebt und mich laufen lasst!«

Simon ließ seine Hand mit dem Smartphone sinken und schaute Joanna an.

Joanna schaute den Dieb erstaunt an. »Woher weißt du, dass es alter Familienschmuck ist?«

Allmählich wurde ihr der Junge unheimlich. Zuerst lauerte er ihr hier im Treppenhaus auf, obwohl er überhaupt nicht wissen konnte, dass sie sich hier nur kurz vor ihren Eltern versteckt hatte. Und jetzt wusste er von Mutters Collier?

Der Dieb schaute Joanna verständnislos an.

»Hältst du mich für deppert?«, fragte er. »Ich erkenne doch alten Schmuck! Also, was ist? Haben wir einen Deal?«

»Nein, wir haben keinen Deal«, ging Joanna auf ihn los. »Bist du bescheuert? Du kannst doch nicht einfach Leute bestehlen und dann auch noch damit handeln! Der Schmuck gehört meiner Mutter. Er wurde über Generationen vererbt, und du denkst, du kannst ihn einfach klauen? Tickst du nicht ganz sauber? Wir übergeben dich der Polizei, du Arschloch. Und dann bekomme ich das Collier auch so zurück. Verstanden? Und dieses hier …«, sie hielt ihm den Rucksack vor die Nase, »geben wir den rechtmäßigen Besitzern zurück!«

Simon wollte eben wieder sein Handy betätigen, um den Hausdetektiv zu benachrichtigen. Doch in dem Augenblick entriss der Dieb Joanna mit einer blitzartigen Bewegung den Rucksack und sauste die Treppe hinunter.

»Halt!«, schrie Joanna und nahm sofort die Verfolgung auf.

Auch Simon rannte den beiden hinterher.

»Ruf den Portier an!«, rief Joanna ihm im Laufen zu.

Simon bremste etwas ab, um zu telefonieren, als von unten zwei Kerle in dunklen Anzügen die Treppe hinaufliefen.

»Scheiße!«, brüllte der Dieb, stoppte abrupt ab, kehrte um und rannte die Treppe wieder hinauf. Dabei lief er fast Joanna in die Arme, die ihm gerade den Weg versperren wollte. »Weg hier!«, rief er ihr zu. »Das ist keine Polizei. Die sind gefährlich!«

»Aber …!«, stotterte Joanna.

»Glaub mir!«, brüllte der Dieb fast flehentlich. »Haut ab!«

Joanna hatte keine Zeit zum Nachdenken. Sie ahnte, mit wem sie es zu tun hatten: den beiden düsteren Typen aus dem SUV von der saudi-arabischen Botschaft! Verdammt.

»Er hat recht!«, rief sie Simon zu. »Weg hier!«

Der Dieb lief voran, dahinter Simon und Joanna, dicht gefolgt von den beiden Männern, die nur eine halbe Etage hinter ihnen waren.

»In der zweiten raus!«, rief Simon. Er nahm drei Stufen auf einmal, zwängte sich an Joanna und dem Dieb vorbei, übernahm die Spitze, erreichte schon die Tür in der zweiten Etage und brüllte: »Schnell! Raus hier! Schnell!«

»Schließ die Tür hinter uns ab!«, rief Joanna ihm zu, als sie an ihm vorbeilief.

»Geht nicht! Das ist der Notausgang!«, antwortete Simon. Er schlug sie kräftig zu, aber mehr konnte er nicht tun.

Joanna rannte zum Aufzug.

»Nein!«, brüllte Simon. »Dort rein!« Er zeigte zu einer Tür ohne Aufschrift.

Hastig fummelte er einen Schlüssel aus seiner Hosentasche, schloss mit zittrigen Händen die Tür auf und schob Joanna und den Dieb hinein, bevor er selbst in den dunklen Raum hineinsprang und hinter sich die Tür zuzog.

Plötzlich schepperte es.

Der Dieb jaulte auf.

Simon schaltete die Taschenlampe seines Smartphones an.

»Vorsicht!«, zischte er. »Das ist der Abstellraum des Reinigungspersonals.«

Der Dieb war gegen einen großen Metallwagen voller frischer Bettwäsche gestoßen.

»Verdammt!«, fluchte er.

»Schscht!«, machte Simon. »Ich hoffe, sie haben uns nicht gesehen oder gehört.«

Er legte sein Ohr an die Tür und lauschte. Dabei schaltete er seine Lampe wieder aus. Die drei standen im Stockfinstern und lauschten dem, was draußen auf dem Flur passierte.

Von draußen hörten sie, wie die beiden Männer sich unterhielten. Sie verstanden aber kein Wort, weil sie Arabisch miteinander sprachen. Dann Schritte. An verschiedenen Türen probierten sie, ob eine offen war. Auch an der Klinke, dessen Tür zu ihnen führte, rüttelten sie. Joanna hielt den Atem an.

Das Rütteln hörte auf. Die Männer suchten draußen weiter. Joanna atmete wieder aus. Doch nicht nur die beiden dort draußen machten ihr Angst. Hier drinnen in der Kammer stand sie im Dunkeln neben einem Juwelendieb, der sie vor wenigen Minuten noch angegriffen hatte. Doch keiner von ihnen wagte es in diesem Augenblick, auch nur einen Muckser zu machen.

Schließlich hörten sie, wie der Aufzug kam. Aber das musste nichts bedeuten. Es konnte ein Trick sein.

Dann waren wieder Stimmen zu hören.

»Guten Abend!«

»Guten Abend!«

Eine Männer- und eine Frauenstimme. Offenbar war ein Ehepaar aus dem Aufzug ausgestiegen. Da sie jemanden grüßten, befanden die Männer sich wohl noch auf dem Flur. Tatsächlich! Sie grüßten auf Deutsch zurück.

Eine Tür wurde aufgeschlossen und wieder zugemacht. Der Aufzug fuhr davon. Mit oder ohne die Männer?

»Wir warten noch!«, flüsterte Simon ihnen zu.

»Auf jeden Fall!«, stimmte Joanna ihm zu.

In dem Augenblick klingelte Simons Handy.

»Scheiße!«, fluchte er. Er stellte es blitzartig aus, dann auf Lautlos für den Fall, dass sich der Anruf wiederholen sollte.

Alle drei lauschten, ob draußen im Flur jemand das Telefon gehört haben mochte.

Offenbar nicht. Alles blieb ruhig.

»Scheiße!«, flüsterte Simon. »Das war mein Chef. Ich muss runter. Die suchen mich schon.«

»Bitte kein Wort von mir!«, bettelte der Dieb.

Joanna wurde bewusst, dass sie den Dieb quasi schon gefangen hatten. Sie konnten ihn hier im Abstellraum einsperren, den Hausdetektiv und die Polizei rufen und ihn festnehmen lassen. So würden sie auch das meiste seiner Beute wiederbekommen.

»Wieso nicht?«, fragte Joanna ihn direkt.

»Sie haben euch gesehen!«, antwortete der Dieb. »Jetzt glauben sie, dass ihr mit drinhängt. Wenn ich festgenommen werde, werden sie euch weiter verfolgen, bis sie haben, was sie suchen.«

»Was suchen sie denn?«, hakte Joanna nach.

»Ich weiß es nicht genau«, behauptete der Dieb. »In einem Zimmer lag kein Schmuck. Im Safe war nur eine Aktentasche. Ich hab sie mitgenommen, ohne hineinzusehen. Erst zu Hause hab ich nachgeguckt.«

»Und?«

»Wertloser Kram!«, antwortete der Dieb. »Das dachte ich zumindest bis vorhin. Aber plötzlich sind diese Männer hinter mir her. Da dämmerte mir, dass sie es vermutlich auf die Aktentasche abgesehen haben.«

»Was war drinnen?«, fragte Joanna noch mal.

Simon knipste das Licht im Raum an. Er vermutete, dass die Männer nicht mehr da waren. Sonst hätten sie längst das Gespräch gehört und versucht, in den Abstellraum hineinzukommen.

»Was war drinnen?«, wiederholte Joanna.

»Keine Ahnung!«, behauptete der Dieb weiter. »Papiere. Aber alles in Arabisch. Ich verstehe davon kein Wort. Interessiert mich auch nicht. Ich bin nur auf Schmuck aus. Und eine Art Katalog war noch dabei.«

»Katalog?«

»Ja, sah jedenfalls so aus. Das waren Papiere mit arabischer Schrift, aber mit einigen hineinkopierten Schwarz-Weiß-Bildern. Von Waffen.«

»Waffen?«, fragte Joanna.

»Ja!«, sagte der Dieb. »Was meint ihr, warum ich vor denen weglaufe? Sonst würde ich ihnen die Aktentasche geben und gut ist. Aber ich glaube, dann ist es noch lange nicht gut. Die können sich ja denken, dass ich den Inhalt gesehen habe. Und ich befürchte, die wollen dafür sorgen, dass ich nie mehr etwas darüber sagen kann.«

»Oh, Scheiße!«, stieß Joanna aus. »Herr Meyer und seine Freunde von der saudi-arabischen Botschaft sind in illegale Waffengeschäfte verstrickt.«

»Allerdings!«, bestätigte der Dieb. »Ich muss verschwinden. Irgendwohin. Am besten weit weg. Aber dazu brauche ich die Juwelen.«

»Ich glaube, du tickst nicht ganz richtig«, wies Joanna ihn zurecht. »Wie alt bist du?«

»Fünfzehn«, antwortete der Dieb.

»Und mit fünfzehn willst du den Rest deines Lebens irgendwo untertauchen? Hast du sie noch alle?«, fragte Joanna.

Der Junge zog seine Mundwinkel nach unten und begann zu zittern.

›Der wird doch jetzt wohl nicht anfangen zu weinen!‹, dachte Joanna. Vom geschickten Profi-Dieb war in diesem Moment nichts als ein kleiner verzweifelter Junge geblieben.

»Vergiss es!«, redete Joanna ihm ins Gewissen. »Wir behalten die Juwelen hier ...« Sie zeigte auf den Rucksack. »Und die anderen bringst du uns auch zurück, nicht nur das Collier meiner Mutter. Verstanden?«

»Nein!«, widersprach der Dieb.

»Doch!«, beharrte Joanna.

»Ich muss runter!«, drängelte Simon.

Ängstlich sah der Dieb ihn an.

»Simon wird nichts sagen«, versprach Joanna ihm. »Wie heißt du eigentlich?«

Der Dieb zögerte einen Moment, ob er wirklich seinen Namen preisgeben sollte.

»Xaver!«, antwortete er schließlich.

Natürlich wusste Joanna nicht, ob das sein echter Name war. Aber das interessierte sie eigentlich auch nicht.

»Gut, Xaver!«, sagte sie. »Du bringst die Juwelen zurück, die du gestohlen hast. Und zwar alle! Verstanden? Und wir sorgen dafür, dass die Verfolger dich – und uns – künftig in Ruhe lassen. Okay?«

»Wie willst du das denn anstellen?«, fragte Xaver verwundert.

»Ich habe einen Plan, wie wir uns die Männer vom Hals schaffen!«, versprach Joanna. Sie schaute auf die Uhr. »Wir treffen uns wieder hier. In exakt einer Stunde!«

Finale

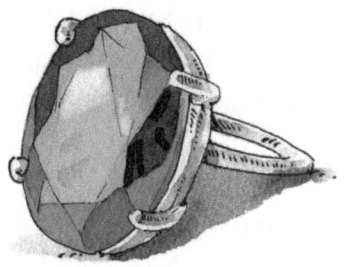

Pünktlich um halb neun standen alle wieder in der zweiten Etage vor der Tür des Abstellraums. Auch Xaver, der Dieb, war gekommen. Und: Er hatte eine kleine Reisetasche dabei.

»Die Juwelen?«, fragte Joanna.

Xaver nickte.

»Okay«, sagte Joanna und gab Simon ein Zeichen.

Der schloss die Tür auf. Die drei betraten den Raum. Simon schaltete das Licht an und machte die Tür hinter sich zu.

»Zeig!«, forderte Joanna Xaver auf.

Der zog den Reißverschluss der Tasche auf, Joanna schaute hinein, stieß einen anerkennenden Pfiff aus und hauchte: »Du meine Güte! Das ist eine wahre Schatztruhe.«

»Allerdings!«, bestätigte Xaver stolz.

Joanna schaute ihn böse an: »Es gibt überhaupt keinen Grund, stolz darauf zu sein, hörst du?«

Xaver zuckte beleidigt zusammen. »Was meinst du, was das für eine Arbeit war, den ganzen Schmuck zusammenzubekommen? Das kann nicht jeder!«

»Das ist auch gut so«, konterte Joanna. »Noch mal: Das ist keine Leistung, das ist Diebstahl. Ein Verbrechen! Verstehst du das?«

Xaver zog die Schultern hoch. »Das tut den Besitzern doch nicht weh. Die bekommen ihr Geld von der Versicherung wieder.«

Jetzt mischte sich Simon ein, im tiefsten Wienerisch: »Sog mol, sa 'n bei dir die Lichter oas? Oder host daan Uawaschn mit Watta vastopft? Vastehst des net, du Goschata? Du bist aan Bücha, aan elender!«

Xaver zuckte zusammen.

»Oisa, geh scheißn und vazapf kaa so aan Bledsinn!«, setzte Simon noch nach.

Joanna verstand kein Wort, aber sie stimmte Simon zu. Sie wühlte sich in der Tasche durch die Juwelen durch, bis sie gefunden hatte, was sie suchte: das Collier ihrer Mutter. Es war unversehrt.

»Das hier ersetzt keine Versicherung!«, stellte sie im scharfen Ton klar. »Und bei manch anderem Schmuck hier handelt es sich sicher auch um Familienerbstücke. Du machst ganze Erinnerungen und Familiengeschichten kaputt durch deine Raffgier!«

»Ich bin nicht raffgierig«, verteidigte sich Xaver.

Joanna verdüsterte ihr Gesicht. »Ach nein? Warum sonst hast du all den Schmuck gestohlen? Jetzt erzähle mir nichts von schwerer Kindheit und ihr seid so arm oder deine Oma muss operiert werden oder so 'n Scheiß!«

Xaver schüttelte den Kopf. »Nein!«, sagte er. »Ich mach das, weil ich's kann!«

»Was?« Joanna glaubte, ihn falsch verstanden zu haben.

Doch Xaver wiederholte: »Weil ich's kann. Deshalb habe ich den Schmuck gestohlen. Ich bin ein hervorragender Kletterer. Und ein Meister im Schlösser-Öffnen. Also Junior-Meister.«

»Halt, halt!« Joanna hob die Hände. »Was soll das heißen: Junior-Meister? Du willst mir jetzt nicht erzählen, es gäbe offizielle Meisterschaften im Safe-Knacken!«

»Nein!«, antwortete Xaver. »Aber im Schlösser-Öffnen. Lockpicking heißt es. Wir sind Sportsfreunde der Sperrtechnik.«

Joanna öffnete den Mund, schloss ihn wieder und öffnete ihn erneut, um es langsam zu wiederholen: »Sports-freun-de der Sperrtechnik? So etwas gibt es?«

»Ja«, bestätigte Xaver.

»Und da wird man zum Dieb ausgebildet, oder wie?«, hakte Simon nach.

»Nein, natürlich nicht«, sagte Xaver. »Ganz im Gegenteil. Wenn die erfahren, dass ich klaue, fliege ich raus. Aber so toll dieser Sport ist ...«

»Sport?«, wiederholte Joanna verächtlich. »Was ist das denn bitte für ein Sport?«

»Ein toller«, sagte Xaver ernst. »Aber es gibt mir nicht den richtigen Kick. Wenn ich jedoch Klettern und Lockpicking verbinde ...«

»... um Safes zu knacken und zu stehlen?«, hakte Joanna ein.

»Um Safes zu knacken und weil es verboten ist. Wenn ich das Adrenalin spüre«, korrigierte Xaver, »das gibt mir den richtigen Kick.«

»Ich geb dir gleich den richtigen Kick in deinen Hintern!«, blaffte Joanna ihn an. »So etwas Dämliches hab ich ja noch nie gehört! Du beklaust Leute, wie zum Beispiel meine Mutter, weil du den richtigen Kick suchst?«

Xaver schaute verlegen zu Boden, dann antwortete er leise: »Ja!«

Erneut schnappte Joanna nach Luft. Dann zählte sie innerlich bis fünf, um sich ein wenig abzuregen, und sagte schließlich:

»Okay, Xaver. Den nächsten Kick kannst du haben. Wir müssen Herrn Meyer überführen und uns die Araber vom Hals schaffen.«

»Und wie?«, fragte Xaver.

Auch Simon spitzte die Ohren. Denn Joannas Plan kannte er auch noch nicht.

»Simon und ich hatten vor, die einzelnen Schmuckstücke wieder heimlich in die Zimmer der Opfer zu legen«, begann Joanna.

Simon nickte eifrig. Xaver verzog die Mundwinkel. Denn damit wäre seine Mühe vergeblich gewesen. Er würde alle seine Jagdtrophäen verlieren.

»Und wie geben wir die Juwelen zurück?«, fragte Simon.

»Ganz einfach«, antwortete Joanna. »Alle auf einmal. Wir packen den gesamten Schmuck in die Reisetasche. Die bringst du zu deinem Chef, Simon. Und sagst, die hätte vor dem Hintereingang gestanden. Es kann ja sein, dass der *anonyme Dieb* Reue gezeigt und sie dort abgelegt hat.«

»Nein!«, protestierte Xaver.

»Doch!«, beharrte Joanna.

»Und du, Xaver, machst unterdessen mit der Aktentasche genau das, was Simon und ich mit dem Schmuck vorgehabt hatten. Du bringst sie zurück.«

»Hä?« Xaver verstand nicht. »Das ist doch total bescheuert!«

»Ist es nicht«, widersprach Joanna ihm. »Wenn das Hotel die Juwelen zurückbekommt, wird dein Chef, Simon, sofort die Polizei informieren. Die wird kommen und sich die Beute ansehen, untersuchen, protokollieren und so weiter, bevor die Juwelen an die rechtmäßigen Besitzer zurückgegeben werden. Und wir werden dafür sorgen, dass der Hotelchef und die Polizei als Allererstes einen Hinweis auf die Papiere und den – vermutlich – illegalen Waffenhandel erhält. Dann wird die Polizei nicht nur

Herrn Meyer befragen, sondern auch nach der Aktentasche suchen. Herr Meyer wird immer noch annehmen, sie sei gestohlen. Er wird alles abstreiten und als Beweis für seine Unschuld arglos den Safe öffnen – und wird die Aktentasche samt Papieren darin finden.«

»Wow!«, kommentierte Simon anerkennend. »Ein guter Plan!«

»Finde ich auch«, gestand Joanna. Und wandte sich an Xaver. Der begriff nun langsam: »Und ich soll …«

»… die Aktentasche in seinem Safe deponieren. Ganz genau!« Xaver schnaufte einmal kurz durch, dann erklärte er sich bereit. »Gut. Und wann?«

Joanna verstand die Frage nicht so ganz. »Wie? Wann? Jetzt sofort natürlich!«

Sie wandte sich an Simon: »Vorausgesetzt, Herr Meyer ist gerade nicht auf seinem Zimmer.«

»Bevor ich hierhergekommen bin, war er's nicht«, sagte Simon. »Aber ich kann das schnell noch mal prüfen.«

»Okay«, sagte Joanna. »Kannst du auch den Zentralschlüssel besorgen, damit wir in das Zimmer kommen?«

»Das wird schwierig«, antwortete Simon.

Doch Xaver winkte ab. »Den brauche ich nicht. Ihr müsst nur dafür sorgen, dass der Typ in der nächsten halben Stunde sein Zimmer nicht aufsucht.«

»Das machen wir«, versprach Joanna und fasste noch einmal zusammen: »Also, Simon geht runter, gibt die Juwelen ab, lässt die Polizei rufen und behält im Auge, wann Herr Meyer das Hotel betritt. Ich bleibe im Flur vor Herrn Meyers Zimmer. Falls er kommt, klopfe ich gegen die Tür …« Joanna klopfte das Zeichen ans Regal: lang-kurz-kurz-lang. »Und versuche, ihn einen Augenblick aufzuhalten. Xaver steigt übers Dach durchs Fenster ein und deponiert die Aktentasche. Alles klar?«

»Und was ist mit dem Hinweis auf die Aktentasche, den die Polizei bekommen soll?«, fragte Simon.

»Gute Frage!«, lobte Joanna. Und zog einen Zettel aus ihrer Tasche. »Den habe ich in der letzten Stunde vorbereitet. Am besten, du übergibst ihn direkt deinem Chef und sagst, der wäre drangetackert gewesen oder so.«

Simon nahm den Zettel.

»Wo ist denn eigentlich Finn?«, fragte Simon noch.

»Der passt auf, dass meine Eltern nicht zu früh zurückkommen und etwas von mir wollen«, erklärte Joanna mit einem Lächeln. »Also, los geht's, Jungs.«

Die drei verließen die Abstellkammer und jeder nahm seinen Posten ein.

Schnell merkte Joanna, dass für sie selbst nur die langweiligste Aufgabe geblieben war: im Flur herumstehen und warten, dass möglichst nichts passiert. Sie ärgerte sich darüber, aber es hatte keine andere Möglichkeit gegeben. Gerne wäre sie mit Xaver gegangen, der gleich aufs Dach klettern, sich zum Fenster abseilen und in das Zimmer des Waffenschiebers eindringen würde. Sie konnte verstehen, was Xaver daran so toll fand. Auch wenn sie es vorhin nicht zugeben wollte: Das Adrenalin, der »Kick«, reizte auch sie. Am liebsten hätte sie sich sogar mit abgeseilt. Das musste total aufregend sein.

Wieso hatte sie Xaver nicht gebeten, dabei die Handy-Kamera laufen zu lassen. Dann hätte sie alles beobachten können. So stand sie nur hier herum und starrte die Wand an.

Sie legte ihr Ohr an die Zimmertür. Von drinnen war nichts zu hören. Xaver war noch nicht da. Konnte er eigentlich auch gar nicht.

Joanna beschloss, nach unten zu fahren und zu schauen, ob alles glattlief. Solange die Polizei nicht kam, brauchte sie auch nicht hier oben zu stehen. Wenn Herr Meyer kam, würde Simon ihn am Eingang sehen. Sie fuhr mit dem Fahrstuhl hinunter, schlenderte durch das Foyer mit den dicken Sesseln und den gigantischen Blumenvasen und sah – verflixt – dort Herrn Meyer sitzen.

Er war allein und telefonierte. Joanna fragte sich, seit wann er da saß. Hatte Simon ihn gesehen? Oder behielt der nur die Eingangstür im Auge, während Herr Meyer hinter ihm jederzeit unbemerkt auf sein Zimmer gehen konnte?

Joanna beschloss, ihn einen Moment lang im Auge zu behalten ...

Moment! Ein paar Sessel weiter saß der Schweizer Bankier. Ebenfalls allein. Und der telefonierte auch. Ein Zufall? Oder sprachen die beiden miteinander, was aber niemand bemerken sollte? Und dieser Diplomat von der Botschaft, der Herrn Meyer am Nachmittag abgeholt hatte, saß auch dort. Der telefonierte nicht. Oder doch? Es sah so aus, als würde er auf seinem Smartphone seine Mails checken oder so. Aber vielleicht hörte er per Knopf im Ohr das Gespräch der beiden anderen mit?

Wieso hatte Simon nicht gesagt, dass die drei hier saßen? Hatte er das etwa übersehen?

Plötzlich erhob sich der Diplomat und verließ das Foyer in Richtung Hotelausgang, ohne sich von irgendjemandem zu verabschieden.

Kurz darauf stand auch Herr Meyer auf und ging geradewegs zum Fahrstuhl.

Joanna fühlte sich in ihrer Theorie bestärkt, dass die drei miteinander geredet hatten ...

Du meine Güte! Jetzt schaltete Joanna erst. Herr Meyer wollte hinauf in sein Zimmer. Sie, Joanna, müsste jetzt oben sein und Xaver warnen! Der Fahrstuhl kam gerade.

Verdammt!

Joanna hetzte los, rannte wie der Teufel zum Treppenhaus und jagte die Stufen hoch.

Verflixte Scheiße, fuhr es ihr durch den Kopf: Herr Meyer wohnte im vierten Stock! Wie sollte sie es schaffen, zu Fuß schneller zu sein als der Aufzug?

›Aufhalten!‹, fiel ihr ein. ›AUFHALTEN.‹

Sie riss die Tür zum Flur in der ersten Etage auf, sauste zum Fahrstuhl und drückte die Taste. Jetzt würde der Aufzug hier erst einmal haltmachen. Tür auf, Tür zu. Das dauerte. Erst dann weiter. Joanna hetzte wieder los. Rauf zur zweiten Etage. Hier das gleiche Spiel: raus auf den Flur, Knopf drücken, zurück ins Treppenhaus, hochrennen in die dritte Etage. Ihr Herz pumpte, der Puls raste, ihr Atem wurde knapp, die Schritte wurden schwerer, ihr Tempo langsamer.

Weiter! In der dritten Etage raus in den Flur, zum Fahrstuhl. Dort stand ein Ehepaar vor dem Aufzug.

»Haben Sie gedrückt?«, rief Joanna ihnen zu.

Das Ehepaar wandte sich pikiert zu ihr um und sah sie fragend an.

Joanna verzichtete darauf, weiter nachzufragen. Die beiden würden kaum auf den Aufzug warten, ohne gedrückt zu haben. Die Zeit konnte sie sich sparen. Also schnell weiter nach oben!

Die Oberschenkel brannten. Sie keuchte nur noch laut. Eine Atempause konnte sie sich aber nicht leisten. Sie musste Xaver warnen!

Endlich erreichte sie die vierte Etage, flitzte zur Zimmertür und hämmerte mit der Faust das Klopfzeichen dagegen. Sie horchte, ob sie etwas aus dem Zimmer hörte. Nichts! Vorsichtshalber klopfte sie noch mal gegen die Tür, dann sauste sie zum Fahrstuhl. Kaum war sie dort angekommen, hielt der Aufzug schon vor ihr, die Tür öffnete sich und Herr Meyer trat heraus.

Joanna stürzte in den Fahrstuhl und rannte dabei absichtlich

Herrn Meyer fast um, sodass der einen Schritt zurücktorkelte und losschimpfte. »Hey! Fräulein! Vielleicht mal gucken, ja? Du bist hier nicht auf dem Schulhof!«

»War nicht Feueralarm?«, fragte Joanna. Ihr fiel auf die Schnelle nichts Besseres ein, um ihn aufzuhalten.

Aber Herr Meyer ging darauf ein.

»Feueralarm?«, fragte er. »Was ist das denn für ein Quatsch!«

»Doch!«, beharrte Joanna. »Haben Sie das nicht gehört? Die Sirene eben!«

»Unfug«, blaffte Herr Meyer sie an. »Und wenn es so wäre, dann wäre es verboten, den Aufzug zu benutzen. Kannst du nicht lesen?«

Er tippte auf das Hinweisschild im Aufzug, auf dem stand, dass man in einem Notfall den Fahrstuhl nicht betreten sollte.

Herr Meyer merkte zu spät, dass sich hinter ihm und Joanna die Fahrstuhltür wieder schloss. Bevor er auf den Knopf drücken oder sich in die Tür stellen konnte, fuhr der Aufzug schon wieder los. Das Ehepaar im dritten Stock hatte wohl die Abwärtstaste gedrückt, denn der Fahrstuhl fuhr eine Etage tiefer.

Herr Meyer fluchte: »Was? Das darf ja wohl nicht wahr sein. So etwas Bescheuertes!«

Joanna war zufrieden mit sich.

»'tschuldigung!«, murmelte sie und fuhr mit Herrn Meyer hinunter in die dritte Etage.

Dort wurde es diesem zu blöd, und er nahm die Treppe, um das eine Stockwerk wieder hinaufzustiefeln.

›Die Zeit dürfte für Xaver locker gereicht haben‹, dachte Joanna bei sich und fuhr mit dem Ehepaar weiter hinunter bis ins Erdgeschoss.

Dort angekommen sah sie schon, wie zwei Polizisten ins Hotel kamen und gleich auf den Empfang zugingen.

›Es funktioniert!‹, freute Joanna sich.

Trotzdem verließ sie das Hotel, rannte zweimal um die Ecke bis zu dem Baugerüst und schaute hinauf zum Dach des Hotels. Gerade noch konnte sie erkennen, wie Xaver von der Fassade aufs Dach kletterte. Eigentlich sah sie nur noch seine Beine. Also hatte auch das geklappt.

›Yes!‹ Joanna ballte die Siegerfaust, ging zurück ins Hotel und setzte sich in den Sessel, in dem eben noch Herr Meyer gesessen hatte. Hockte man hier als normaler Gast, so bekam man nichts mit. Alles lief mit höchster Diskretion ab. Doch Joanna war eingeweiht und erkannte die Abläufe.

Soeben ging Simon an ihr vorbei und zwinkerte ihr kurz zu. Er führte zwei Männer ins Büro seines Chefs, von denen nur Joanna wusste, dass sie von der Kriminalpolizei sein mussten. Nachdem Simon sie ins Büro geführt hatte, kam er zurück, ging auf den Schweizer Bankier zu, der immer noch im Foyer saß und an seinem Getränk nippte, beugte sich höflich zu ihm hinunter und sagte leise etwas zu ihm. Daraufhin stand der Bankier auf und folgte Simon ins Büro.

Für Joanna war klar: Dort würde er von den beiden Kriminalpolizisten empfangen werden. Zwei weitere Männer, die Joanna ebenfalls der Polizei zuordnete, riefen den Aufzug, stiegen ein und fuhren los. An der Anzeige erkannte Joanna, dass sie bis in den vierten Stock fuhren. Es dauerte nicht lange, bis der Aufzug wieder herunterkam und die beiden Männer in Begleitung von Herrn Meyer erst den Fahrstuhl und dann das Hotel verließen. Einer der beiden Männer trug die Aktentasche bei sich.

Kurz darauf verließen auch die Männer aus dem Büro gemeinsam mit dem Bankier das Hotel. Joanna wusste: Hier hatten soeben zwei Festnahmen stattgefunden, die von den übrigen Gästen niemand mitbekommen hatte.

Dann öffnete sich wieder die Eingangstür des Hotels und herein kamen Finn und ihre Eltern. Auf dem Weg zur Treppe entdeckten sie Joanna im Foyer.

»Was tust du denn hier?«, fragte ihre Mutter.

»Ach«, antwortete Joanna. »Simon muss jetzt arbeiten und mir war langweilig.«

»Langweilig?«, wunderte sich ihre Mutter. »Das kennst du doch sonst gar nicht. Gibt es denn hier außer dem Fitnessraum gar nichts Interessantes?«

»Nein«, behauptete Joanna und zwinkerte ihrem Bruder zu. »Gar nichts. Außer …«

»Ja?«

Joanna zog das Collier ihrer Mutter aus ihrer Hosentasche und überreichte es ihr.

»Es wurde wiedergefunden. Stell dir vor!«

»Du meine Güte!«, rief ihre Mutter aus. »Seht nur. Was für ein Glück! Wo haben sie es denn gefunden?«

Joanna lachte: »In einer Sporttasche im Fitnessraum!«

Ende

Kleiner Österreichisch-Wortschatz

Begegnungen

Guten Tag!	Grüß Gott / Küss die Hand / Servus!
Auf Wiedersehen!	Auf Wiederschauen / Pfiat di (Gott) / Servus / Baba!
Entschuldigung!	Gestatten Sie / Sind S' mir net bös'!
Wie geht's?	Wie hamma's / Und wie schau' ma aus?
Spitze / Super!	Bärig!
Es reicht gerade noch.	Es geht sich aus.
Oje / Huch!	Jössas!
Wow / Unglaublich!	(Geh) wusch!
Das gefällt mir.	Das teigt mir.
Ach, komm!	Geh, bitte!
Lasst uns …!	Gemma …!
Gesundheit! (Niesen)	Helf dir Gott / Vergelt's Gott!
Wahnsinn!	Bumstinazl!
Na so was!	Na da schau her!
Echt / Wirklich?	Na geh!
Das hat jetzt gerade noch gefehlt!	Na servus!
Versteht sich ja wohl von selbst!	No na!
Hoppla!	Öha!
Mannomann!	Schau di' an!
Mist / Verflixt!	Fix noch einmal!
Das meine ich ernst.	Schmäh ohne.
Ohne Scheiß!	Ohne Schmäh!
Hier / Hier haben Sie!	Soda / Sodala!

Da geht gar nichts voran.	Das spießt sich.
Jetzt weiß ich nicht mehr weiter.	Jetzt kann ich nicht mehr aus.
Ich habe keine Lust.	Das freut mich nicht.
Das geht mir auf die Nerven.	Das geht mich an.
Das ist für die Katz.	Das ist für den Hugo.
Nur keine Eile!	Nur nicht hudeln!
Hau ab!	Schleich di!
abküssen	abbusserln
angeben	antuschen
Appetit	Gusta
erstaunt sein	baff sein
leicht beleidigt sein	angrührt sein
flirten / streiten	anbandeln
Freund	Spezi / Spezl
nerven	anfäuln
Small Talk / Angeberei	Schmäh führen
Umarmung / Küsse	Bussl
Unsinn erzählen	einen Schmarrn erzählen

Stadtbummel

Abkürzung	Abschneider
Antiquitätenhändler	Altwarentandler
Arztpraxis	Ordination
ausgehen	auf der Leisch sein

Baum / Bäume	Bam
bezahlen	blechen
Bezirk	Hieb (Wiener Ausdruck)
Dieb	Fladerant
Fahrer (eines Autos)	Lenker
einfache Gaststätte	Beisl / Heuriger
Gassi gehen	äußerln gehen
Geld / Münzen	Netsch
Geldautomat	Bankomat
Hospital	Spital
Hügel	Mugel
in der Nähe	a Spuckerl entfernt
Karussell	Ringelspiel
Kasse	Kassa
Kiosk / Tabakladen	Trafik
kleines, enges Lokal	Quetschn
Maronenverkäufer	Maronibrater
Moped	
Motorrad	Maschin
Obdachloser	Sandler
Pfütze	Latschn / Lacke
sich schick machen	sich aufmascherln
Schule	Schui
Spaß / Vergnügung	Gaudi / Hetz
Stechmücken	Gelsen
Straßenbahn	Bim
Toilette	Abtritt / Häusl
Treppe	Stiege
Trödelmarkt	Fetzenmarkt
Tüte	Sackerl
Vorfahrt	Vorrang

Medien und Kommunikation

die E-Mail	die / das E-Mail
Fernsehen	Patschenkino
Luftpost	Flugpost
das Radio	der Radio

Essen und Trinken

Apfelschorle	Apfelsaft gespritzt
Aprikose	Marille
Aubergine	Melanzani
Blumenkohl	Karfiol
Blutwurst	Blunzn
Bonbon	Zuckerl
Brötchen	Semmel
Brühwurst mit Käse	Käsekrainer / Eitrige
Hefeknödel	Germknödel
Eis im Hörnchen	Eis im Stanitzel
Eisbein	Stelzl / Stelzn / Stözn
Erdbeere	Ananas
Feldsalat	Vogerlsalat
Frikadellen	faschierte Laberl
Grießknödel	Grießnockerl
grüne Bohnen	Fisolen
Hackfleisch	Faschiertes
Hagebutte	Hetschipetsch
Hörnchen	Kipferl (Mürbe- oder Brioche-teig) / Beugerl (süß gefüllt)

Johannisbeere	Ribisel
Kartoffel	Erdapfel
der Keks	das Keks
Knackwurst	Beamtenforelle
Knoblauch	Knofel
knusprig / frisch	resch
Kohl	Kraut
Kopfsalat	Häuptlsalat
Limonade	Kracherl
Mais	Kukuruz
Meerrettich	Kren
Hefegebäck	Buchtel
Milchrahmstrudel	Millirahmstrudel
Mohn- / Salzgebäck	Flesserl
Pfifferling	Eierschwammerl
Pflaumenmus	Powidl
Quark	Topfen
Roastbeef	Beiried
Römersalat	Kochsalat
Rosinen	Zibeben / Rosinen
Rührei	Eierspeise
Sahne / Schlagrahm	Schlagobers
Sauerkirsche	Weichsel / Weichselkirsche
Schokoküsse	Schwedenbomben
Schokolade	der Schok(o)lad
Tasse	Häferl
Tomate	Paradeiser / Tomate
Waffeln	Schnitten
Wiener Würstchen	Frankfurter Würsteln
Zwischenmahlzeit	Jause

Kaffee	• Brauner (mit Milch) • Schwarzer (schwarz) • Wiener Melange (halb Kaffee, halb Milch) • Verlängerter (mit doppelter Wassermenge) • Einspänner (Filterkaffee oder Mokka mit Sahnehaube)
Nudelgerichte	• Krautfleckerl (Nudelquadrate mit Weißkohl) • Schinkenfleckerl (mit Schinken, Zwiebeln und Soße im Ofen überbacken) • Eiernockerln (mit Ei in der Pfanne gebraten)
Pfannkuchen / Eierkuchen	• Palatschinken (gerollt) • Omelett (nicht gerollt) • Kaiserschmarrn (in Stücken und mit Rosinen) • Frittate (nudelig geschnitten als Suppenbeilage)

Zeitangaben

in diesem Jahr	heuer
diesjährig	heurig
Januar	Jänner
Februar	Feber
jetzt	(h)iazn / iatzt
danach	hintenach

am Abend / später	gschnachts
am Morgen	in der Früh
Viertel vor sechs	drei viertel sechs
Viertel nach drei	viertel vier
tagsüber	untertags
halbjährlich	halbjährig
vierteljährlich	vierteljährig
rechtzeitig	zeitgerecht
in Zukunft	in Hinkunft
ab und an	hie und da
alle Jubeljahre	alle heiligen Zeiten

Diverses

Abitur	Matura
Aufkleber	Pickerl
Betrüger / Gauner	Bücha
Dummkopf	Dillo / Depp / Dolm
Erkältung	Verkühlung
Genießer	Genussspecht
Glück haben	a Masn / Masl haben
Junge	Bub
Kissen	Polster
Kniestrümpfe	Stutzen
Komma	Beistrich
Kopfschmerztablette	Kopfwehpulver
sich langweilen	sich fadisieren

Mädchen	Dirndl
böser Mensch	G'frastsackl
frecher Mensch	Goschata
Müll	Mist
schick	fesch
Schleife	Masche
Schornstein	Rauchfang
Schrank	Kasten
Schwätzer	Dampfplauderer
Sessel	Fauteuil
Sofa	Kanapee
Stuhl	Sessel
T-Shirt	Leiberl
Torwart	Tormann
Wischlappen	Putzfetzen

Inhalt

Andreas Schlüter wurde 1958 in Hamburg geboren. Bevor er mit dem Schreiben von Kinder- und Jugendbüchern begann, leitete er mehrere Jahre Kinder- und Jugendgruppen und arbeitete als Journalist und Redakteur. Mit dem ersten Band der Erfolgsserie »Level 4« gelang ihm 1994 der Durchbruch als Schriftsteller. Neben Kinder- und Jugendbüchern schreibt er auch Drehbücher, u. a. für den Tatort und krimi.de. Andreas Schlüter arbeitet in Hamburg und auf Mallorca. Mehr auf www.schlueter-buecher.de

Markus Spang, 1972 in Karlsruhe geboren, beschäftigte sich eine Zeit lang mit Philosophie und Kunstgeschichte und studierte dann Illustration in Krefeld und Münster. Heute lebt er wieder in Karlsruhe, malt Bilder, zeichnet Schriften und ersinnt eigene Geschichten.

Tulipan-Newsletter
Tolle Lesetipps kostenlos per E-Mail!
www.tulipan-verlag.de

Besucht uns auf ⬛ **Facebook und** ◻ **Instagram!**

© Tulipan Verlag GmbH, München 2020
Alle Rechte vorbehalten
1. Auflage 2020
Text: Andreas Schlüter
Bilder: Markus Spang
Lektorat und Redaktion: Angela Mense
Layout: www.lenaellermann.de
Satz: Tulipan Verlag, Stephanie Raubach
Druck: GGP Media GmbH, Pößneck
ISBN 978-3-86429-470-9

FSC
www.fsc.org
MIX
Papier aus verantwortungsvollen Quellen
FSC® C014496

Actionreiche Städtekrimis!

Vermisst in Florenz · Bd. 1
ISBN 978-3-86429-155-5

Puppentanz in Prag · Bd. 2
ISBN 978-3-86429-219-4

Blutspur in Berlin · Bd. 3
ISBN 978-3-86429-261-3

Pelzjagd in Paris · Bd. 4
ISBN 978-3-86429-316-0

Strichcode in Stockholm · Bd. 5
ISBN 978-3-86429-386-3

Der Lord von London · Bd. 6
ISBN 978-3-86429-432-7

»Spannung pur!«

VELVET, 2015, zu *City Crime – Vermisst in Florenz*

Ferien, Freiheit, Abenteuer! Joanna und Finn haben Glück, dass ihre Eltern für ihre Jobs so viel reisen müssen. Denn so machen die beiden oft Urlaub in Europas Metropolen. Aber entspannte Städtetouren sehen anders aus – immer wieder geraten die Geschwister in Gefahr. Und lösen die schwierigsten Kriminalfälle.

Mehr zu den einzelnen Bänden auf www.tulipan-verlag.de

Band 1 bis 3 je € 11,95 (D) / € 12,30 (A), Band 4 bis 6 je € 12,00 (D) / € 12,40 (A)

Rathaus

Burgtheater

Universitätsring

VOLKS-GARTEN

Hofburg

Naturhistorisches Museum

Burgring

BURG-GARTEN

MUSEUMS-QUARTIER

Kunsthistorisches Museum